U0674174

灰姑娘也有春天

罗袜生尘　著

21 二十一世纪出版社
21st Century Publishing House
全国百佳出版社

图书在版编目（CIP）数据

灰姑娘也有春天 / 罗袜生尘著 . -- 南昌：二十一世纪
出版社，2014.3（2022.4重印）
（后青春期丛书）
ISBN 978-7-5391-9261-1

Ⅰ . ①灰… Ⅱ . ①罗… Ⅲ . ①长篇小说－中国－当代
Ⅳ . ① I247.5

中国版本图书馆 CIP 数据核字 (2013) 第 262435 号

灰姑娘也有春天　　　　　　　　　　　　　　罗袜生尘 / 著

策　　划	张　明	
责任编辑	张　宇	
特约编辑	郑　英	
出版发行	二十一世纪出版社（江西省南昌市子安路 75 号　330009）	
	www.21cccc.com　cc21@163.net	
出 版 人	张秋林	
经　　销	新华书店	
印　　刷	三河市人民印务有限公司	
版　　次	2014年3月第1版　2022年4月第3次印刷	
开　　本	880 × 1230 mm　1/32	
印　　张	7.5	
字　　数	158 千	
书　　号	ISBN 978-7-5391-9261-1	
定　　价	20.00 元	

赣版权登字—04—2013—822

如发现印装质量问题，请寄本社图书发行公司调换 0791-86524997

Contents 目 录

第一章　天津那一夜

1

夏雪霏常常感觉在天津的那一夜，就像一场梦一样。

在天津 NR 分公司的会场，她就感觉分外的不适。头昏眼花，浑身无力，胸口还觉得发闷，她知道自己的贫血症发作了。这是她的家庭遗传病，她的父亲就是在心肌供血不足中离世的，医生也曾告诫过她，要注意营养补充和正常休息，最重要的是保持心情舒畅。

可是自从男友陈宇偷偷把她银行卡上的钱全部转走，而后人间蒸发之后，她就无法心情舒畅了。这种狗血的事情，羞于向人倾诉，只能打落牙齿吞到肚子里，谁让自己遇人不淑呢。

爱情最初的愿望是美好的，可现实的遇见往往是残酷的。我们曾经一腔热情，但我们很快会接受现实。

主管陈莉莉也看出她的不对劲，居然一改往日的刁钻苛刻，让她到天津市场来考察学习，顺便散心。

其实陈莉莉也不是发善心，到天津考察学习，虽然车旅吃住都是公司安排，来回三天时间，却吃力不讨好，回去后还要写琐碎的总结之类的东西。公司的其他同事都不愿意去，苦差自然要派给她。

苦差也罢了，她也想换个环境缓和一下心情，火车半夜到的天津，她到酒店后简单洗漱一番，刚睡着天就亮了。电话通知她去会场开会。

睡眠不足，加上饮食不很习惯，她坚持了两天，不适的感觉越发严重，只得提前离开会场回酒店休息。

酒店的电梯里已站着一个男人，她微微瞥了一眼，没看清长相，这时不适的感觉随着电梯的上升，愈加严重。想呕吐，她捂住嘴巴干呕了两下，什么都没吐出来。

铺天盖地的眩晕袭上心头，在她意识模糊之前，隐约听到那个男人用诧异和惊恐的声音问她："你怎么了？"之后，她便眼前一黑，昏了过去，那个男人顺势就扶住了她。

等她悠悠醒来，发现已经躺在了自己房间的床上，旁边有客房的服务员，正端着一杯水，焦灼地看着她，电梯里的那个男人也关切地问她："要不要紧，去医院看一看吧？"

她摇摇头，虚弱地说了声谢谢，男人便起身告辞，她这才发现那是个很年轻英俊的男人，穿着墨绿色休闲夹克和牛仔裤，有一双深邃的眼睛。他看起来既有些好管闲事的热心，又有些懒散的玩世不恭。

她躺在床上睡了一觉后，感觉精神好了许多，便到酒店对面的一家川菜馆吃了点东西。她是四川人，嗜好辣味，饱餐之后，立时感觉精气神都恢复上来了。

　　天色已经暗了下来，她信步走在华灯初上的街道上，看到三三两两的情侣手挽手，浓情蜜意黏在一起，心情有些落寞。这时，一角墨绿色映入她的眼帘，是那个年轻男人，他正站在她的左前方拿着手机打电话。

　　她走过去，显然他也看到她，微笑着点头，而后挂断手机，迎上来说："嗨，你也一个人吗？"

　　她点头，礼貌而客套地跟他聊了两句，准备离去，他忽然喊住她说："时间还早，你有什么节目吗？"

　　她摇头说："我对这里不是很熟悉，正准备回去休息呢。"

　　他很热情地提议说："我也是刚来这里，同在异乡为异客，能认识也算缘分吧，找个地方聊聊天，总比一个人闷在房间里好吧！"

　　她想也是，最主要也是感激他的热心，于是两个人去了就近的一家星巴克，各自要了杯咖啡，两个人都算是异地来客，聊了聊天津的风土人情和天气。

　　男人说他在北京工作，来天津看望一个遭遇了车祸的朋友，假期即将结束。她并没有说自己的情况，当他把名片递过来的时候，她看到他眼睛中有一抹热切而灼热的神采，她的心忽然动了一下，像死气沉沉的湖面，被丢进一片羽毛，缓缓荡起了细细的涟漪。

　　她迎着他的目光，伸手把那张名片挡回去说："相逢何必要相识，也许以后我们再也不会相见，何必留下念想！"

　　她的意思原本是指名片，但是男人显然多想了，他盯着她，脸上划过一丝惊讶，而后是欣喜。他起身，轻声问："是去你房间，还是我房间？"

　　她诧异了一下，很快就明白过来，潜意识里，他是有着渴望的，但是没想到他居然赤裸裸地提出来。

　　她下意识地抬手撩了撩头发，定定看着他。他确实是一个好看的男人，穿着简单而整洁，看起来有着极好的素养，受过较好的教育，可这一切并不能抹杀一个年轻男人正常的生理欲望。

　　她甚至嗅到了他身体里散发出来的寂寞气息和她身体里饱含的空虚郁闷不同，更多了一些热切和激烈。

　　这个压力倍增的激烈社会，人人都有各种需要，她不是随便的女孩子，但也不是保守派。在空虚寂寞的时段，遇见一个看着顺眼的男人，也算可遇不可求的事情。

　　想到这里，她释然了，淡淡回他："去你那吧！"心里的防卫意识让她做了选择，不是没看过一些关于一夜情后被顺手牵走财物的新闻。

　　他很兴奋地去买单，而后伸手搂住她的腰。他比她高了许多，让她略略有一种成就感。她喜欢身材高大而不彪悍的男人，特别是他身上那种淡淡古龙水的味道，沁入心头，让她略微生硬的身体，开始慢慢地舒缓起来。

　　他的房间在她的楼上，格局差不多，却是单人大床。她住的是分公司安排的双人标间。进门后，他转身关门便拉着她索吻，双手也带着一种迫不及待的需索，伸到她的衣服里。

　　她有些惊慌地推开他，他的手停了一下，嘴却依旧停在她的耳垂处轻吻，那种感觉酥酥麻麻，她忍不住嘤咛了一声。他的上衣被他脱掉了，空气中夹杂着一种男人的荷尔蒙味道，她的情绪也一下

子被调动了起来。他的手指从内衣里开始抚摸，把她紧绷的身体扳直，把她抱到那张大床上。当他脱掉她的衣服后，忽然低低说了声："等一下！"

然后，他很迅速地从旁边的小桌子上拿过一只安全套撕开带上，她闭上眼睛，感觉自己的身体已经非常湿润。他一下子进入，而后是一种迫不及待的疯狂，在欲望的迷茫中，两个人同时到达快乐的巅峰！

在高潮的美妙瞬间，他忍不住亲吻她的嘴角和额头，无限贪恋地说："宝贝，你真美，我爱你！"身体的感觉是最直接的，她也忍不住回吻他，但并无言语，只是闭上眼睛，享受那瞬间的升腾，和他轻言暖语带来的温柔感觉。

欢愉过后，两个人都清醒过来。他抱着她说："你能告诉我你叫什么名字吗？"她心里冷笑了一下，淡淡地说："好累，睡一会吧！"

他不再说话，再次亲吻她的身体，两人再次温存，好像有无穷的力量储备着等待发泄，当那股力量喷薄而出后，他再次低低地哀求："告诉我你的名字！"

夏雪霏回头深深看了他一眼，他也在很认真地看着她。她当然不会告诉他，这种一夜情式的艳遇是没有以后的，但大脑忽然冒出一个恶作剧的念头，她低低说：陆佳。

所谓"陆佳"谐音"路人甲"，如果他稍微转一下脑筋，就应该明白。她听到他喃喃念了几遍：陆佳陆佳陆佳……

他很认真地跟她说："陆佳，我们能不能尝试着开始？"

她看着他，发现他不像是调侃她，觉得非常可笑，傻子都知道一夜情不可能成就一段爱情。他看她像看外星人一样的眼神，也觉得自己很可笑，便不再谈这个问题。她忽然觉得有些莫名的悲伤，不想让他看到自己的表情，便转过身子，背对着他，轻轻叹了口气。

之后便是安静的沉默，能听到彼此的呼吸，他把手放到她的背上，轻缓地画着圈圈，她确实累了，想睡，却一时半会儿又睡不着，更可能是因为身边有个陌生男人。后来，他开口了："如果我们有机会再见面，你会不会记得我？"

她不愿意去想这个问题，便假装睡着了。对于一夜情缘的爱情，她不会奢求，这是个现实而势利的社会，大家忙里偷闲，却始终寄望另一半是一个洁身自好的人。她渴望的是简单干净的感情，她相信他也不会免俗。过多的纠缠不过是想为下一次身体的欢愉做铺垫，她并不渴望有下一次。

很多职场青年男女因为各种原因，大都有一个或者几个身体伴侣。比如，有的是因为爱人不在身边，有些是因为钱权交易，亦或者潜规则的缘故。他们称之为"炮友"。对于自己，她骨子里开明却无法开放，她不是那种寂寞了就随便抓个男人来打发的，这次是个意外。

恰好她失恋了，恰好他赶上了，恰好他让她有了好感，恰好大家以后会天各一方，或许此生不会再见。

早上，男人醒来的时候，夏雪霏已经离开了。她在微曦的晨光中轻手轻脚离开他的房间，回到自己的房间，收拾好一切，拉着行李箱直奔火车站。她只是 NR 深圳分公司的一个小小助理，她更要操心的是自己的工作，那才是她安身立命之本。

她心里也很感慨，小时候，单纯地以为人只有两种心情：开心

抑或伤心。那时候觉得伤心是最让人痛苦的一种心情，伤心时会号啕大哭，会歇斯底里。哭过后一切会随着眼泪发泄，而后很快忘记，新的一天重新开始。

后来，特别是恋爱以后，才发觉原来在开心和伤心之间可以派生出许许多多不同的心情，其中一种叫无奈的心情，是一种比伤心更让人沮丧的心情。伤心，大多是因为经历了最令人失望、最糟糕的事件后产生的一种痛楚，因为经历了最失望、最糟糕的事件，因此也意味着以后所发生的总会比现在所经历的要好，因此她有理由对明天充满信心。太阳或许会被乌云遮挡，或许会下山，但注定还是会冉冉升起。所以，伤心带给人的痛是尖锐的、直接的。同时也是短期的、暂时的，痛过以后会复原、会不痛。而无奈却是对生存状态，对某些事件产生的一种无可奈何，一种无力可施。虽然她想改变，她不满意，但她却改变不了，她只能继续不满。这种痛，或许不如伤心来得尖锐，但却是深刻的，是持续的！

她苦笑着，她挣扎着，却发现没有用，一切都是徒劳，她对自己产生了怀疑，不，应该说是更深刻的认识，她发现了自己的渺小，发现了世界的残酷，特别是男女之间感情的残忍与无奈。发现了很多东西不是她可以掌握，可以驾驭的。无奈，随着长大，越来越频繁地被她所体会。

年少时曾轻狂地以为自己无所不能，曾幼稚地认为自己可以撬动整个地球。那时候，不会无奈也不懂得无奈；那时候，心情总是很纯粹，即便是痛也是最直接的痛。然而，生活却在一步步地告诉你，其实有很多准则、很多习惯是不能以你的意志为转移的，是约定俗成的，你可以不喜欢，但你必须遵守。很多事件的发生往往是注定的，你不可能违背天意，你也没有能力去撼动命运，你只能无奈，只能让一种痛在心中蔓延……

2

容貌还算漂亮的夏雪霏在大学的时候谈过一个长相英俊的男朋友陈宇。当时夏雪霏去了一家手机配件公司做实习销售，月薪800，老板林维清是一个四十岁左右的矮胖的台湾人，整天笑眯眯的。

公司不大，销售部门加上夏雪霏只有四个人，陈宇当时也在公司做业务员。老板不要求她去发展业务，只是做一些琐碎的事情。每天上午要打扫老板的办公室，下午准时去发快递，其他时间做报表，和售后人员一起把返回的不合格配件重新返工。

工作单调而无味，她有条不紊地做了半个月后，老板把她叫到办公室笑眯眯地说："雪霏啊，你这一周的表现很不错，如今像你这样的大学生肯吃苦耐劳的不多啊。"

夏雪霏不明白他什么意思，说："我也很感谢公司能给我学习的机会。"

老板指着茶几上的一套茶具说："会泡茶吗？要是不会的话，我教你，以后，你每天都要为我泡一壶茶，我想把你培养成全才。"

夏雪霏按照他的口头指导，先用开水洗净茶具，放入他喜好的茶叶量，等开水煮沸后冲入茶具使叶片转动露香，再用杯盖轻轻刮去漂浮的泡沫，最后静泡三十秒把茶水倒入小杯，静泡的时间是有

讲究的，不能短于十五秒，不然叶香不能入味，也不能超过三十秒，不然味道会变得苦涩。

她想说：在我们家乡，第一道茶叶只能用八十度的水来泡，如果用沸水，第二次三次续水后味道就会寡淡无味。她看着老板随和的笑容，忽然改变了主意。

她觉得这里只是自己人生第一步，不可能停滞不前，她的目标是进世界五百强的企业，而不是这家小皮包公司。

老板在实习鉴定书上给她的评价很重要，其他的都没有意义。她没有必要修改和否定他对一些生活方式的定义。

很多时候，做一个好职员的标准，就是对老板的赞同和绝对服从。

和陈宇在一起也是很偶然的事情，也因为她的好朋友王嫣然。

那天下午，王嫣然打来电话，语气很沉重，有一种劫难过后的平静，她说："雪霏，赶紧帮我买双鞋送到学校的保卫科？"夏雪霏感觉很震惊，她们是同学兼好友，王嫣然总是会做一些大胆的事情，她隐隐觉得肯定和那个美术老师有关。

她没有多问，赶紧在旁边买了双王嫣然脚码的鞋子，但是正值下班高峰，一辆空出租都没有，她心急火燎地等了好一会，恰好陈宇开车送货回来。她只好请他帮忙送自己一程。陈宇没有推脱，从那天开始，两人渐渐有了交往。

赶到学校保卫科后，看到王嫣然衣衫不整，鞋跟也崴断了一只，她赶紧帮她收拾妥当，换上新鞋，并让陈宇把她们一起送回去。

路上，夏雪霏问她到底怎么回事。

王嫣然说："中午，我和美术老师约好后去学校找他，正当我们躺在他画室床上的时候，门被撞开了——校长带着保卫科值班的人闯了进来。"

说到这里，那段噩梦般的经历再次闪现在她脑子里，她痛苦地闭着眼睛深呼吸了一下，接着说："事后保卫科人说是有个女人打电话告密。"

夏雪霏问："那你知道那个女人是谁吗？"

王嫣然一脸怨恨地说："要是知道的话，我就去杀了她。"

两人分析女人会是谁，最后觉得可能是美术老师的老婆，这个结果让王嫣然气馁不已。

夏雪霏问她父母什么态度，王嫣然心不在焉地说："我爸妈已经送了几万块钱去打通关系了，毕业证肯定会发给我的。"

一周后，王嫣然在电话中告诉夏雪霏："明年我照样去学校参加毕业考试，只是美术老师被开除了。唉，不知道去了哪里，以后也不知道还有没机会见面。"末了她说："我觉得不见得是他老婆告密，有可能是我表姐。"

挂了电话后，夏雪霏想起曾经见过那个满脸堆笑的女人，来学校看望过王嫣然，她始终觉得那个女人谦和的外表下，隐藏着一种虚伪。

王嫣然的父母均是在广州做房地产生意的，她自小就耳熏目染着商业的气息，加上她出众的外貌，在大学里一度备受关注，是男生们追逐的焦点。父母的繁忙和生活上的疏于照顾，让王嫣然的性格变得叛逆。

夏雪霏想起大三那年，王嫣然爱上了新来的美术老师。

　　在医院的走廊上，王嫣然拿着诊断为怀孕两个月的 B 超单子，抱着夏雪霏忍不住痛哭出声："我好害怕啊，我不想做流产。"夏雪霏心里也很害怕，但还是安慰她："不疼的，几分钟就好了，我们还是学生，不做掉，难道你把她生下来？"

　　夏雪霏去窗口交钱后，王嫣然在她的安慰下哆嗦着走进了手术室。

　　时间变得漫长，夏雪霏焦急地等待了半小时后，脸色苍白的王嫣然在护士的搀扶下，有气无力地走了出来。

　　她趴到夏雪霏怀里呜咽："真的好痛啊，刚才我觉得自己快死了。"松了一口气的夏雪霏教训她："早知如今，何必当初，那个男人呢，他为什么不陪你来？"

　　王嫣然低下头："他说他上午有课，我不想他为难。"

　　"你怎么这么糊涂啊，你们什么时候开始的？"夏雪霏恨铁不成钢。

　　"这个学期让我给他做模特，他说我长得像玛莉莲梦露。他说，我是他的灵感之泉——我爱他。"说到最后三个字的时候，王嫣然抬起头，眼睛里散发出一种坚定和倔强的神采。然后她叹口气："我知道他有老婆和儿子，不过他说了，那只是一种亲情，和我在一起的时候，才是爱情。我们能在一起，其他什么都不重要了。"

　　夏雪霏看着她，劝慰和告诫的话想说，但张了张嘴，还是打住了。她了解王嫣然的性格，倔强的时候，九头驴都拉不回。

　　结业考试后，夏雪霏四门课程全部通过，王嫣然四门却都被通知一个月后补考。她拿着补考单满不在乎地说："考试前一天晚上我和美术老师在一起，整夜都没睡觉，不考砸才怪！"

夏雪霏说："要不我陪你复习？补考的时候争取通过。"王嫣
然拿出两个苹果，递给她一个，另一个自己咬了一口说："不用了，
我妈请我表姐来教我，我表姐在北京读 MBA，正好放假了。"

下午学校放假后，一个戴着眼镜的胖女人来接王嫣然。她穿着
很考究的绿色职业套装，脚上是一双细跟的凉鞋，肩上挎着暗色的
LV 包，笑的时候眉眼嘴角有一种献媚的讨好。

那是夏雪霏第一次见到陈莉莉，立刻就有了很深的印象。她好
奇地想，那样细跟的凉鞋，穿在她的脚上会不会一不留神就断了。

还有那个 LV 的包包，大学里的女生们也都很新潮，对品牌和
A 货也有一定心得，正版或者高仿最明显的区别就是金黄色的拉练，
而陈莉莉挎着的居然是黑色的拉链，并且拉练的起端还拖着一根细
细的线头。显然，连 B 货都算不上。

陈莉莉大肆夸奖着王嫣然越长越漂亮，王嫣然只是淡淡地叫了
声表姐，没有过多的亲热，也没有介绍夏雪霏。她把背包交给陈莉
莉后，就拉起夏雪霏的手说："既然你已经找好了实习的地方，今
天我们去庆贺一下，以后你就不会那么闲了。"

夏雪霏小声推辞说："你表姐接你来了，赶紧回家吧，我实习
也是在广州，以后有的是时间见面。"王嫣然把她拉到一边："不
用管她，她以前上大学就住在我们家，她习惯讨好我。"

显然，跟在后面的陈莉莉听到了，她的脸不由得一阵红一阵白。
但是王嫣然却毫不顾及，继续说："她去北京读 MBA 也不过是找了
个有钱老公做跳板。"直到夏雪霏使劲拽了拽她的胳膊，才作罢。

实习顺利结束，而后是毕业，王嫣然的父母和 CC 公司的副总

裁是老朋友，不费吹灰之力就把女儿介绍了过去做销售部助理。

王嫣然邀请她一起过去，她想想还是拒绝了，她不想沾这个光。于是继续在台湾胖老板的公司做了一年的销售。工作继续清闲，毫无挑战意义，她始终想寻找机会去一家大的企业。

王嫣然在 CC 做的愈发得心应手，她人长得漂亮，又善于利用自身资源，并懂得抓住客户心理，几单业务在酒场饭桌上顺利签成，很快从助理做到经理。

一年前，台湾胖老板的小皮包公司也慢慢扩大了番禺和虎门两个分公司，连制作工人加一起人数也增加到四百人。夏雪霏泡茶的功夫也炉火纯青了，深得胖老板的称赞，并多次笑眯眯地对她说："雪霏啊，我下一个分公司还需要一个负责人，我准备让你去做。"

夏雪霏不动声色地感谢老板欣赏，但心里一直都没有打消离开的念头，这里只是她的一个栖身跳板。

当王嫣然告诉她："我表姐读完 MBA 后去了 NR 公司，还做到了深圳办主管，现在她那需要一个助理，你有没有意向跳槽过去？"

夏雪霏当即答应了。

这次的处境和当初王嫣然的邀请不同，她觉得自己已经有足够的资历去一家大公司了，另外，能去 NR 是一个多么大的机遇，尽管她一想起陈莉莉曾经在王嫣然面前的卑谦，就觉得浑身不自在。

NR 是一家很有竞争力的世界五百强企业，能在 NR 做到主管绝对不是容易的事情，这更印证了她对陈莉莉不是那么简单的看法。

特别是当她听说，陈莉莉答应王嫣然的举荐是因为王嫣然的父亲刚刚开发的楼盘给了她三个折扣指标，这三个指标足够让她拉拢到一个重要客户。夏雪霏更加觉得，自己和陈莉莉的相处不会那么融洽。

果不其然，夏雪霏第一天去报到的时候，陈莉莉就对她特别"照顾"了一下，把她的办公桌硬是安插到靠着门口，配备的电脑也是公司最后一台台式显示器。她还把夏雪霏叫到自己的小间里，语重心长地说："雪霏啊，你是新人，一切要从头做起。NR 是个大企业，一切都要靠自己的实力，我不能因为你是嫣然的好友就对你特别照顾一下，你要明白我的苦心。"

夏雪霏点头称是，心里明白这才是刚刚开始。对于一个出身贫苦靠巴结亲戚完成人生一步步转变的女人来说，她最忌讳的是别人挖出她的陈年旧史，她不可能把夏雪霏当作心腹朋友。

夏雪霏告诫自己，一切都要努力，一切要忍耐。毕竟，能进NR 是多少人梦寐以求的事情。按照陈莉莉的要求，她开始趴在案前看员工手册和一些销售备案。

公司在深圳办的人很多，主要分为销售部和行政部。各有两名主管负责。陈莉莉主管的销售部除了夏雪霏外，还有六个人。除了48 岁的卫平负责售后，剩下的五个平时都在外面做业务，平时相处的时间很少。

下午，其中一个年轻的女孩回来了，经过夏雪霏桌子旁边，友好地伸出手说："你好，我叫梅琳！"梅琳长了一双修长的美腿，穿着波西米亚的长裙，她的热情让夏雪霏心里涌动起一些愉悦。

试用期的三个月，陈莉莉没有放手让她尝试负责任何项目，除了交代她多看多学习销售指导方面的书，就是让她做一些计划书和

统计表，做跑腿打杂的活。

3

夏雪霏性格活泼，懂得吃苦耐劳，特别懂得忍耐。因为她不想再被人看不起，也坚信只要肯努力就一定有机会。

可是，在 NR 的前三个月，顶头主管陈莉莉把她当作小丫头使唤，所有琐碎零散的小活都让她去做。

同事们去 K 歌的时候，她在加班。

同事们聚会的时候，她在加班。

同事们泡吧的时候，她还在加班。

她被铺天盖地的加班占去了所有时间。收发传真、快递，统计报表，整理策划，等等，更多的是让她陪着一起去应酬客户。

试用期刚过的那一周，有个叫袁朗的客户来公司找陈莉莉。一进门就看到夏雪霏。他愣了一下，然后意味深长地笑了笑。

夏雪霏正在埋头做着那些没完没了的工作，毫无察觉。

袁朗是一家证券公司的副总，大约四十岁左右，身材有些臃肿，微微外凸的肚子，什么时候都喜欢眯着眼睛瞄有点姿色的女孩子。明眼人一看就知道他是个好色之徒。

证券公司的电器业务一直是陈莉莉亲自负责的，对这个袁朗，她也是尽力巴结。证券公司在罗湖区新开了间营业大厅，电脑大约需要五百台。这次她约了袁朗，希望能私下送些礼物或者回扣，揽下这项业务。

袁朗一进门就问："靠门的格子间坐的女孩叫什么名字？我以前怎么没见过？"

他的色名众人周知，陈莉莉一听就明白其中的潜台词，她立刻矫情地说："袁总，你都很久没来看我这个老朋友了，当然不会见过我们才来的新人。她叫夏雪霏，怎么，你看上她了？"

袁朗向来趾高气扬，和陈莉莉说话，他觉得不必拐弯抹角。他眯着眼睛阴笑道："陈主管找我来是为了我们新营业厅电脑的事情吧，这个事情好说，但是我有个条件。"

陈莉莉欣喜地问："什么条件，你尽管开口。"

"晚上让那个夏雪霏去酒吧跟我谈这个业务。"

"好的，没问题。"陈莉莉很清楚他的目的，但为了提高部门的业绩，她才不管别人死活。

下班前，陈莉莉把夏雪霏叫过来，让她带着合同去约好的酒吧跟袁朗见面。夏雪霏觉得有些疑惑："谈业务为什么要挑在夜晚，还要在酒吧？"

陈莉莉不耐烦地说："人家袁总是大忙人，白天哪有空见你啊？酒吧有什么不好，很多业务都是在酒桌上谈成的。"

夏雪霏不好再问，只得硬着头皮去了。

酒吧里灯光昏暗，一脸色相的袁朗叫了两瓶红酒。一端起酒杯他就暧昧地说："早上看到你，我就发现喜欢上你了，一整天都魂不守舍。"

夏雪霏暗骂了一声无耻，她强忍着厌恶，说："多谢袁总夸奖，今天我们老板让我来跟你谈合同的事情，要不先签了我们再谈？"

　　袁朗摆摆手："放心，今天晚上我一定会签，不过不是现在。"然后，他大谈自己的奋斗史，唾沫飞扬，大肆鼓吹。

　　夏雪霏感觉对面就像有一群苍蝇在嗡嗡乱叫，简直快疯了。袁朗还不停地劝酒，她推卸不过，只得一杯杯干掉。后来，她感觉大脑昏昏沉沉，就顺势趴到桌子上，假装醉得不省人事。

　　袁朗伸手推了推她，发现她没反应，立刻大喜过望。赶紧掏出手机打电话："阳光酒店吗，我是你们的 VIP 客户袁朗，给我订个房间，我十分钟后到。"

　　他哼着公鸡嗓子歪歪斜斜扭到前台去结账，夏雪霏赶紧爬起来，把挎包一抓，从后门溜走了。

　　第二天上午，夏雪霏去得比较早，陈莉莉还没有来。她正在愁任务没完成，陈莉莉会指责她，恰好南部区域总监潘笑声来了。听其他同事说，潘笑声是一个比较务实和关心下属的领导，她心里开始期盼总监能为自己说句好话。

　　果然，早上的例会，陈莉莉表扬了其他几个员工后，便点名批评夏雪霏："第一次派你单独会见客户，你就办事不力，对客户态度恶劣，白白丢掉一单重要的业务。如果你不想干了，趁早走人。"

　　同事们投来同情的目光，潘笑声也疑惑地看着她。夏雪霏觉得委屈，她小声地解释说："那个袁朗是个色狼，这次也不能全怪我，如果你陪着我去就好了。"

　　潘笑声"哦"了一声，理解地说道："漂亮女员工在工作中也要保证好自己的安全，这是能理解的。以后要继续努力，争取弥补这次损失。"

夏雪霏感激不已。

例会结束后，潘笑声接了个电话就走了。陈莉莉冷着脸把夏雪霏留到自己的办公室里说："作为一个新人，你刚过试用期，我就把一单重要的业务交给你去做，你不但不抓住机会，还把它搞砸，你自己不思悔过，还向总监告我的黑状。我们 NR 是一个讲素质、讲能力的大企业，你这样的人，我看并不适合在这里工作，你还是辞职算了。"

夏雪霏气愤不已，但她强忍着怒火，不卑不亢地说："总监并没有责怪我，而且我并没有犯原则性的错误，你没有理由开除我，我也不会主动辞职的。"

陈莉莉从来没有遇到过敢这样顶撞她的下属，她也火冒三丈，指着夏雪霏说："这单业务我亲自操作，以后你就在办公室待着，慢慢学吧。"

夏雪霏出门后，陈莉莉冷笑着自言自语说："既然你不走，那我以后就慢慢地整治你。有我在，你永远别想有出头之日。"

此后，陈莉莉就把夏雪霏雪藏到办公室里，不让她负责任何业务，但是每天做的事情并不少。上至计划报表，下到陪同接送客户。陈莉莉的老公在北京工作，她每月都有两三次飞去北京，订机票的个人私事都让夏雪霏去做。

夏雪霏去了 NR 后，陈宇也从原来公司辞职，来到深圳。只是他整日在跳槽，事业一无所成。

他们第一次的剧烈争吵是他偷偷把她的加班补助和三千元奖金寄回老家，给他母亲看病，她气得暴跳如雷，觉得他不跟她商量，

不尊重她的人权。他也很恼火，骂她冷血，说："我妈把我养这么大，付出多少心血，十个三千元也不够偿还！"

她也火了回敬他："你说得太对了，一百个三千元我都没意见。只是你得自己有本事挣回来，拿女人的钱算怎么回事！"

陈宇蔫了，但他很快缓过气反击说："你这么说什么意思，我早就看出来了，你根本没把我当自己人。你看我不如意，想把我踹了是不是！"

他气势咄咄，好像理亏的是夏雪霏，再看他那张英俊的脸，真觉得是一种讽刺，白长在他身上了。

此后，两个人常常争吵，往往一言不合就要发作。他不管不顾，索性撕破脸皮，而她忍无可忍，就摔门离去。

夏雪霏生日的时候，王嫣然送了件 LV 钱包，陈宇却忘记送礼物了，也许他根本是假装的。

夏雪霏每个月的工资也就刚刚够买两个 LV 钱包。她收下礼物，并不打算使用，而是把它收藏了起来。

奢华的品牌是每个女人都无法拒绝的至爱，这和虚荣无关，那流光异彩中闪烁的不仅仅是高质量的外表，还表达着一个女人的个人品位和对生活质量的追求。

她也喜欢奢侈品，这是每个女孩都避免不了的心态。她记得有次无意中看到一则新闻，说的是很多初涉职场的女白领用一个月的薪水去购买一款限量版的 LV 手袋，然后每天背着它灰头灰脸地挤地铁公交上下班。自然，她身上的真品也就被人不屑地误认为高仿的 A 货了。

　　而有一种人，明星或者豪门贵妇，她们常常拎着高仿的 A 货，却被认为是真品和潮流，哪怕能明显看得出粗糙的做工与线头，但是无人怀疑，因为大家相信，她们不会用假货。

　　对于地铁上拎着真品的女白领们，夏雪霏无法苟同她们的心态。她知道，一个女人真正的闪光点，并不在于身外之物的配饰，而是自身的成就和气质。

　　有一句话说得非常好：真正有气质的淑女，从不炫耀她所拥有的一切，她不告诉人她读过什么书，去过什么地方，有多少件衣服，买过什么珠宝，因为她没有自卑感。

　　一个职场女人能获得他人的认可和折服，是工作上的成绩与能力，如果她不能达到"白骨精"的境界，那么再昂贵的奢侈品用在身上，也只是一种可有可无的摆设。

　　刚刚上班那年，她有幸被同事邀请去参加一家大公司举行的年终聚会，老总的女儿恰好从欧洲留学归来。和她一样的花样年纪，却不一样的奢华装饰，像个公主一般。她穿了一身过季打折的三流品牌，而公主浑身上下都是在巴黎品牌设计处定做的，肩膀上斜斜地跨着一款当季限量版的白色彩拼流苏 LV 包包，她在时尚杂志上见过，一直感慨惦记着。

　　她的眼睛躲闪着停留，没有女人能抵挡奢侈品带来的诱惑，名牌带给贵族女人的荣耀是她这样的女人难以企及的高度。

　　一周后她的生日，晚上和陈宇一起去逛街，她再次看见那款经典的 LV 包包。尽管是 A 货，还是需要八百八，她央求他买下，他说，饭都吃不饱，何苦花那冤枉钱！她被噎住，说不出话。是的，如果

有钱，何苦连饭都吃不饱！

　　她头也不回地跑开，眼泪就这样荒芜地流了下来。她想起那些商场名牌打折的日子，发了薪水第一时间冲到商场的柜台前，掂量着包里的银子，计算着折扣的配比，咬牙切齿地跺着脚消费的情景。

　　他过了许久才回来，冷着脸，扔给她那款 A 货，然后闷不吭声地躺下，半晌，抬头告诉她，因为满足她的要求，他花光了所有的钱，这个月的生活费得由她来负担。

　　她沉默着，什么都没说。这个看似忠厚却木讷呆板毫无情趣的男友，他的贫穷让她越来越感觉耻辱。他整日在跳槽，事业一无所成。贫穷使她无法在他面前小鸟依人，也让他变得让人轻视。年轻时候的爱情非常简单，往往只是一见钟情的心动，她确定当时她也爱他。但在繁华社会中积累的经验和阅历告诉她，爱一个人是一回事，生活是另外一回事。

　　因为一款 LV 包包，她忽然看清爱情的真相，也忽然一下子清楚自己这辈子想要什么样的男人。那就是，一定要嫁一个高富帅。

　　直到一天，他忽然转走她银行卡里所有的钱，留下一张纸条说：我知道你迟早要甩了我，还不如我自动离开，免得你难做。那些钱算是我的精神补偿。

　　她欲哭无泪，却也只能接受这个结局。那些钱虽然是自己辛苦存下的，此刻也不想再做纠缠。她只希望，以后再也不要跟那个叫陈宇的有任何交集。

　　那段失败的感情过后，她遇到那个年轻的陌生男人，他适时填补了她的空虚，排遣了她一夜寂寞。

第二章　邂逅高富帅

1

从天津回来后，夏雪霏写好了考察总结，由于她一直忠于职守、兢兢业业，陈莉莉对她的态度也改变了一些。

那天，陈莉莉让她去机场接一个人到酒店吃饭，接的人是一家电器公司的大客户经理王嫣然。

因为刚下了一场小雨，湿漉漉的的空气从半开的车窗流淌进来，吹散了南方城市特有的炎热。天空像被雨水洗礼过一样，清澈得如同一面靛蓝色的明镜。

深圳机场门口人潮熙攘，送别的，打着牌子接机的，等客拉生意的出租车，不时有穿着打扮都很时尚精致的白领男女进进出出，每个人都行色匆匆。

快到接机楼门口的时候，夏雪霏抬起手腕看了看表，时间已经是六点零八分，估计王嫣然应该在五分钟内出来，便交代司机老韩把车先停在一边等着。

车是一辆白色的现代酷派，是 NR 公司配给深圳办销售部主管

陈莉莉的。

　　NR 是一家位居世界五百强的韩国在华企业，公司在韩国有 40 多年的历史，年销售额高达 700 多亿，主要生产经营各种家用电器。公司倡导员工要把顾客家里所有电器都 NR 化，对于企业形象很是注重，主管以上都配车。

　　韩国也是一个民族意识很强的国家，包括在华的韩国企业在内，他们无一例外抵制日货。从部门主管、行政经理到区域总监直至总裁，要么是韩国现代车，要么是德国奥迪、奔驰、宝马，但总体来说，韩国人比较推崇本国产品，大部分人会购买本国生产的车。市面比较畅销的日本本田、丰田、尼桑等，韩国人从不跟风。

　　靠近出口的车位早就满了，老韩只能把车停在靠西边较远的车位上，夏雪霏拉开门朝门口走去。作为陈莉莉的助理，夏雪霏只能偶尔在公事上用一下车，对于接王嫣然这样的私事，还真是破天荒头一回。

　　虽然，王嫣然是陈莉莉的表妹，但作为王嫣然的好朋友，夏雪霏知道两个人关系并不怎么样。她们表面上很客套，内里却有很深的隔阂。加上王嫣然供职的 CC 公司，是有着二十年历史的中国电器企业，毕竟各为其主。两家公司各凭优势，均视对方为竞争对手。

　　"雪霏，对不起啊，飞机晚点半个小时，让你久等了！"一句话打断了夏雪霏的思绪，穿着黑色 PORTS 套装的王嫣然拎着 LV 的旅行箱已经走到她面前，两个人热烈地拥抱了一下。

　　夏雪霏正准备拉起王嫣然离开，她却转身招呼后面的一个男人：

"丁先生有人来接吗，要不要和我们一起走？"

夏雪霏转脸看去，这才注意到那个穿着 Armani 休闲装，大约有三十七八岁的男人。王嫣然从来都是魅力女人，走到哪里都能遇到搭讪的男人，想来这个丁先生也是她在飞机上邂逅的。

王嫣然拉她过来介绍："这是我的好朋友夏雪霏，在 NR 公司做销售助理，这位是麦加贸易公司总经理丁戴维先生。"

夏雪霏礼节性地对丁戴维微笑点头，丁戴维也点头致意，并对她们说："谢谢，来接我的车遇到堵车，很快就到了，你们先走吧。"

他随手拿出一张名片双手递给夏雪霏："NR 是大公司，很高兴认识你这样漂亮的美女。"

夏雪霏赶紧接过，他的赞美让她有些不好意思，脸微微红了。丁戴维显然是注意到这个细节了，他没想到现在还有这样含蓄的女孩，不由怔了一下。

两人告辞并上车，夏雪霏先是祝贺王嫣然升为 CC 公司大客户部销售经理，并问她在新加坡的会议有什么收获。王嫣然说："能有什么收获，不就是走个形式，去的人都是四十五岁以上的男人，连个养眼的都没看到。"

夏雪霏大笑："刚才那个丁戴维不就挺年轻，也很养眼吗？"

王嫣然说："别瞎说，丁戴维是我在飞机上认识的，我预备找他的贸易公司做代理商，去竞标一个项目。对了，忘记告诉你，他是法籍华人，做进出口贸易很有一套。"

夏雪霏说："都说法国男人最浪漫，怪不得一开口就恭维，我

还觉得这个人挺轻浮的呢。"

"调情是法国男人的基本礼仪，和他们交往也是女性视觉和感觉上的享受，这个丁戴维的妻子几年前车祸去世了，有一个十岁的女儿在法国上学，典型的钻石王老五，你要不要抓住一下机会？"王嫣然调侃道。

"我现在工作都是问题，哪有闲心去陪法国男人调情。我的老板，你的表姐，总是让我学习，我根本没有机会施展拳脚，我还在担心哪天被炒了！"

"我表姐这个人，很有心计，最近她正在和老公闹离婚，不知道耍了什么手段，把孩子和房子都要走了，每个月还要了一笔抚养费，便宜占尽，你以后要小心提防着她。"王嫣然看了看前面开车的司机老韩，贴到她耳边小声地说。

这个时候，车已经开出了机场高速，交通也变得堵塞起来，不知不觉间，天色暗淡了下来，道路两旁的霓虹灯纷纷亮了起来，道路上依旧人行如织。

夏雪霏有点着急地说："你表姐应该在酒店等了半天了！"王嫣然笑嘻嘻地说："让她等吧，我们还可以多说会话呢，对了，我在新加坡帮你带了一双鳄鱼皮的鞋子，不知道你喜欢不。"

夏雪霏有些嗔怪地说："你总是喜欢破费，趁着年轻，还不给自己攒点嫁妆。"

"我还没有遇见想嫁的人，等我想嫁的时候，自然会操心的。不过像我这样喜欢到处奔波的女人，不适合恋爱，也不奢求婚姻，这样也没什么不好。"王嫣然有些自嘲。

　　夏雪霏知道她又想起大学那年的打击，想劝她，又觉得是多此一举。王嫣然脾气又直又倔，别人很难动摇她的想法。

　　此时车子已经到了约定的酒店门口，陈莉莉正笑吟吟地站在门口等着，想来是在房间等急了，又不想打电话询问怕失了气度，干脆等在门口。

　　王嫣然刚一下车，陈莉莉就拉住她的手，一边上楼，一边亲热地说："这家潮州菜做得很有特色，专门为你接风的。"王嫣然客套地说谢谢，然后故意半开玩笑地说："怕不仅仅是接风这么简单吧，表姐这样的大忙人，是不是还有什么其他的事？"

　　陈莉莉干笑了两声，说："你这个丫头，什么都瞒不过你。"她顿了顿，故作神秘地说："给你介绍一个对象，年轻有为的海归，你都不小了，自己不急，我这个姐姐也替你父母着急了。"说着便拉门进了包间。

　　房间里除了陈莉莉的属下梅琳和另一个做售前的杨万里是夏雪霏认识的，还有两个男人正在谈着国际形势，一个大约三十岁的样子，穿着打扮也很考究，大约就是陈莉莉嘴里所说的海归，年轻倒是年轻，可却长了一双眯缝眼，配着他那张倒三角的脸，显得很是猥琐。看到王嫣然进来，他立刻张大嘴巴，像个花痴似的。

　　另外一个大约四十岁左右，穿着一件很随意的蓝色衬衣，头发却留得很长，一双眼睛却炯炯有神，和海归鲜明对比。

　　陈莉莉为他们做了介绍，果然，那个花痴海归叫闫明亮，是陈莉莉现在的邻居。他伸手和王嫣然相握的时候，把她的手抓住，半天都不舍得放下。王嫣然脸色立刻不悦起来，她干脆地把手抽回，

看都不再看他一眼。

蓝衬衣叫徐高，是深圳一所大学从沈阳聘请过来的美术老师，陈莉莉几日前请他鉴定过一副张大千的画。

听说是美术老师，王嫣然脸色立刻缓和了起来，这些细节当然没能逃过陈莉莉的眼睛。她在安排座位的时候，特意让徐高挨着王嫣然坐下，而花痴"海龟"则坐到了徐高旁边。

陈莉莉端起酒杯说："首先感谢徐画家的帮忙，上周我一个朋友托我找人鉴定一幅画，很多人都觉得是真品，多亏了徐画家的火眼金睛，指出是一副高仿的赝品。事后，我的朋友很是感激，这幅画让他少损失了三百万。"

到这里，她的神情有些得意，好像有个能出价三百万去买一幅画的朋友，为她脸上增添了不少光彩。夏雪霏坐在她的旁边冷眼旁观，甚至能感觉到她的眼神里透露着的神采。

陈莉莉继续说："徐画家是搞艺术的，也是性情中人，以后我们都是朋友了，客套的话就不多说了，我们大家一起敬你一杯。"大家纷纷举杯。徐高淡淡一笑说："我画画有三十多年了，分辨真品和高仿的眼神还是有的。"

搞艺术的向来清高，他倒一点也不谦虚，但是，向来很鄙视别人清高的王嫣然却似乎对他的话并不反感，还带着欣赏的目光看着他。

陈莉莉接着说："同时还要祝贺我的表妹王嫣然，在 CC 公司荣升大客户经理。我这个表妹人长得漂亮，事业心也强，是我们家族的骄傲。"

一席话说得王嫣然脸红了起来，她小声说："表姐，有你这样夸自己表妹的吗！"要是在平日里，陈莉莉这番刻意的奉承早就引起王嫣然的反感了，但是，今天她却像换了个人一样。从她的眼神，夏雪霏感觉一切都是因为一个人而改变的，那个人就是，徐高。

2

果然，王嫣然很快便同徐高交谈起来，从印象派的马奈、莫奈、凡高，到国画的精粹。王嫣然眼波流动，问他："你觉得中国画和外国画在艺术形式上有什么区别？"

徐高说："中国画讲求'以形写神'，追求一种'妙在似与不似之间'的感觉；外国的艺术派系大都讲求'以形写形'，非常讲究画面的整体、概括。外国画是'再现'的艺术，中国画是'表现'的艺术，这是不无道理的。"

他的话让王嫣然频频点头，也博得了陈莉莉赞赏的目光，大家都停下交谈，听他们的绘画分析。海归白痴一直朝王嫣然微笑，并端起杯子要和她碰杯，王嫣然却假装没有看到，一直把目光聚焦在徐高脸上。

陈莉莉也加入谈话，她说："有个号称'中国裸体艺术的第一人'莫小新的老师，徐画家知道吧，你赞成他的教学方式吗？"

徐高微微笑了一下，说："莫小新勇气是有的，但方式有些出格。中国是一个传统的国家，这种方式有悖于常理，象征意义大于实际

意义，做教学研究是可以的，但是作为教学手段有些过了。"

饭局结束后，王嫣然却大有意犹未尽的感觉。她不过喝了几杯红酒，却像醉了一样，傻乎乎地站在徐高旁边继续谈论一些外国人体素描绘画的艺术。徐高似乎对这个漂亮又时尚的女白领仰慕的目光，很是受用。

那个被安排相亲的主角花痴海归被彻底晾到一边，从一开始，他和王嫣然就没说上几句话，风头都被徐画家抢走了。虽然长相不能恭维，但他人还不算太傻，王嫣然和徐画家的相谈甚欢，他也算是明白自己无望了。他和陈莉莉告别了一声，很知趣地先行离开了。

走到酒店门口，王嫣然径直站到画家身旁，对陈莉莉说："一个车坐不下那么多人，你们公司的人一起走吧，我一会自己坐车。"徐高见状立刻明白了她是想和自己单独谈谈，赶紧就势说："你们先走吧，一会我送王小姐。"

大家心照不宣地道别，王嫣然又想起了什么，转身嘱咐夏雪霏："明天把后备箱里的行李箱给我送来。"

等陈莉莉的车走远了，王嫣然看到旁边有家茶馆，便对徐高提议进去聊聊。

服务员送上茶单，徐高看到最便宜的绿茶就要38元，忍不住皱了皱眉头，说："在我们老家，一杯绿茶只卖五块，这地方真是离谱。"他给自己要了杯绿茶，征求王嫣然的建议后，为她要了杯玫瑰花茶。

徐高刚刚来到这个城市，人际关系都不熟，他迫切希望能多认识一些有背景和能力的人。当陈莉莉事前告诉他，自己的表妹王嫣然是 CC 的大客户经理时，他并不以为然。他的工作是教师，能认识一些教育界和政治界的人士，是最实际的。所以，当陈莉莉说自己的姨夫，也就是王嫣然的父亲是房产开发商，和一些市政要人都常有来往的时候，他立刻上心了。

他的儿子在沈阳高考落榜，因为工作的迁移，他担心没人辅导，就算复读，儿子的成绩也不一定理想。他所在的学校倒是同意帮他儿子转学过来，但是只是一家很普通的高中，他一直想让儿子进深圳升学率最好的一高，却苦于没有关系。

没想到今天能这样轻易地就和王嫣然聊到一起，没想到王嫣然居然是一个绘画爱好者。他知道王嫣然想聊一些关于人体绘画艺术方面的话题，虽然他急于想请王嫣然帮忙，想把话题从绘画拉到他的儿子，不过他知道，如果想解决儿子的问题，首先要和她在绘画上有一个思想的沟通和精神的交流。

当服务员把茶水上来后，徐高就说："王小姐以前也学过人体绘画吗？"王嫣然说："大学时候业余选学过，工作后太忙了就搁到一边了。不过绘画是我最初的兴趣爱好，偶尔我还会在家信手涂几笔的。"

接着她笑了笑说："你就叫我嫣然吧，我对绘画的人有独特的亲切感，我叫你老徐不反对吧。"徐高连连表示这个提议很好。

两个人从国内的人体绘画优势和弊端，聊到国外的前卫大胆，再到十九世纪的印象派，大有相见恨晚的感觉。

直到茶馆打烊，王嫣然才惊呼一声："啊，居然都两点了，时

间真快啊！"然后，她有些不好意思地说："老徐，耽误你到这么晚，回家夫人不会生气吧？"

徐高顿了下，有些黯然地说："两年前，我和妻子性格不合，协议离婚了，现在儿子还在沈阳，深圳只有我一个孤家寡人！"

王嫣然心里却蔓延起莫名的惊喜。她说："老徐，我也是单身，希望以后我们能常常在一起聚聚！"徐高说："那我真是求之不得了。"

两个人同时沉默了，恰好一辆出租经过，徐高挥手拦下，把王嫣然送到楼下，两人告别，大有依依不舍的感觉。

王嫣然虽然是独生子女，但工作后就从家里搬出来，独居华强北路一套两室的房子。躺到床上，她感觉心里沉甸甸的，辗转无眠，最终忍不住翻身起床拿起手机，刚按下徐高的号码，她的电话就响了，一看，果然是徐高的号码。

徐高说："我已经到了，想和你道声晚安。"

王嫣然心里充满甜蜜，似乎有千言万语，却不知道从何说起，他们互相说："晚安。"挂了电话后，她再次久久难以入眠。

第二天晚上，夏雪霏送行李箱过来的时候，她很郑重地告诉夏雪霏说："我觉得我喜欢上徐高了，他太有艺术家的魅力了。他的豪爽率直，诚恳真切，让我有一种如沐春风的感觉。"夏雪霏伸手摸了一下她的额头说："你发烧了，还是真病了？那个男人一看比你大十几岁啊！"

王嫣然说："他几年前就离婚了，有个儿子在沈阳上学，大十几岁又怎么样，越大越有味道。"

夏雪霏说："看他的穿着打扮就知道是个穷人，一个穷教师一年的工资还没你一月多，贫富差距太大。"

"切，你真俗，我鄙视你一切朝钱看，千金易得，知己难求，思想上的共鸣是最重要的。"

"是不是大学时候的那段感情，让你对学美术的男人产生了艺术情结？嫣然，作为你多年的老友和死党，我希望你能仔细审视自己的感情，不要一时冲动。"夏雪霏语重心长地说。

王嫣然呆了呆，显然被她的话撼动了。这时，她的手机短信响了："嫣然，我在茂业百货门口等你。"是徐高。

王嫣然原本神色凝重的脸立刻舒展开，她说："雪霏，我要出去了，有什么问题，我们改天再探讨吧。"夏雪霏太了解她的脾气，只得悻悻作罢，暂时打消自己劝解她的念头。

3

陈莉莉什么业务都不交由夏雨霏去负责，她决定不再等待，要主动出击。

一大早，夏雪霏就有些按捺不住，她敲开陈莉莉办公室的门，开门见山地说："老板，我在 NR 的时间也不短了，不想占用资源，能不能派点任务让我做？"

陈莉莉打量她一眼，含笑说："NR 欣赏有魄力的人才，正好，我这边有个计划，晚上我们一起加班吧。"她把资料随手交给夏雪霏先拿回去看。

　　下班时候，陈莉莉跑到大格子间，大声说："雪霏，晚上加班我请客，你想吃什么，我去给你买。"大家起哄让她狠狠宰老板一顿，夏雪霏低眉顺眼地说了声什么都行。

　　她在办公室做了两个小时，计划终于做完了，肚皮也饿得前胸贴后背，陈莉莉终于姗姗来迟。她拎着快餐盒，依旧是那副虚伪的笑容说："真是不好意思啊，遇见一个熟人，非要一起吃饭，我也不好拒绝。吃完后，专门又给你要了份鱼头。"

　　夏雪霏打开饭盒，用筷子扒拉几下，发现鱼头的另外一边已经被掏得千疮百孔，饭店做菜不可能再如此加工吧。她悄悄起身把饭盒扔到垃圾箱，那边陈莉莉一边看计划一边让她先回家。

　　第二天一早，她刚从茶水间倒了杯水过来，就听陈莉莉用她那九十分贝的声音对梅琳说："雪霏昨天九点就提前走了，我一直坚持到凌晨才把策划做完，腰都快累断了。"她一脸疲倦，还夸张地用手捶腰。

　　夏雪霏心里忐忑不安起来：难道真的是我基础不扎实，做的计划像那条鱼头的背面一样千疮百孔？

　　上午开会，陈莉莉把计划传给每位同事的时候，夏雪霏发现除了开头一句话被改了，其余没有任何改动。她心里愤慨不已，看来陈莉莉还在记仇。不过她还是明白，人在职场，身不由己，唯一能做的就是忍耐，谁让陈莉莉是她的老板。她心里也再次领教到陈莉莉的厉害。

　　那天下午快下班的时候，陈莉莉忽然在 MSN 上对她说：来我办公室一下，有个项目想和你商量下看法。

夏雪霏有些不相信地瞪大眼睛盯着屏幕看了一遍又一遍，确认这是真的后，才怀着欣喜和不安来到陈莉莉的办公室。陈莉莉没有抬头，眼睛盯着电脑屏幕，问她："法国有家金融公司 BOB 想在深圳注资七亿设立中国办事处，在电器配备设施上公开招标，我们想委托一家贸易公司前去竞标，由你来负责这个项目，你觉得怎么样？"

夏雪霏一听，顿时喜不自禁，连声说："感谢老板给我这个机会，我一定竭尽全力去操作。"这可是个不小的项目，如果能拿下来，可算自己在 NR 迈出了成功的第一步。她转念又想，陈莉莉怎么这样好心，把这个项目交给她呢？

果然，陈莉莉抬起头抛出难题："如果是你，你觉得选哪家贸易公司做委托人去竞标呢？"

夏雪霏一听，糟了，她只熟悉一些对口公司和竞争对手的大致情况，作为代理中间人的贸易公司，她还真是不熟悉。

她结结巴巴地说："我这就去查资料，看哪家的实力更符合我们的要求！"

陈莉莉挥挥手，显然是对她的回答不满意。她说："有实力并不见得能符合，BOB 是家法国公司，我们找的代理人最好也是法国人。一个项目做得是否漂亮，不在于过程的付出，而是你能为公司收获多少利益。所以，在选择代理人的时候，还要比较哪家贸易公司要的折扣更低。"

一席话说得夏雪霏点头不已，看到她被自己教育得服服帖帖，陈莉莉才拉开天窗："上午你出门了，我急着看这个月的报表，就

自己过去拿了。在你桌子上的名片夹里，我看到了麦加贸易公司丁戴维的名字，你和他认识呀？"

夏雪霏这才明白陈莉莉为什么这样好心了，原来她是看到了自己桌子上的名片。她沉默了一下说："是的，只是认识，并不熟悉。"其实她和丁戴维也是一面之缘，根本没有特别的交情。

但是陈莉莉不了解，她觉得夏雪霏的欲言又止，有欲盖弥彰之嫌，便故作亲切地笑着说："雪霏啊，在这个市场竞争的时代，多一个朋友就是多一条拓展业务的道路。丁戴维在商业圈很有名气，他是法籍华人，麦加公司的实力也非常不错。既然你们是朋友，由你去同他联络，肯定能为我们公司获取最大限度的利润的。"

"既然老板这么相信我，我一定不会辜负你的期望。"夏雪霏嘴上答应得很是干脆，心里却打着大大的问号。她根本没有把握能搞定丁戴维，可陈莉莉一直不让她做实事，眼前唯一的机会岂能放过。先应承下再说，车到山前必有路。

陈莉莉说："明天你先带着我们公司的资料去见一下丁戴维，和他约好时间，我再和他详细谈谈。"

第二天，她按照陈莉莉的吩咐，事前没有预约，直接去了麦加贸易公司，填了访客单后，前台小姐问她有没有预约。夏雪霏说："没有预约，不过请你打个电话进去，我和你们丁总以前就认识。"

前台打了个电话，告知丁戴维，NR 有个叫夏雪霏的想见他。那边有短暂的停顿，然后直接让她进去。

丁戴维的办公室是典型的欧式装修，墙壁上挂着大大的观赏鱼缸，几条五颜六色的鱼正悠然地游动着。夏雪霏进去的时候，他热情地站起身和她握手："NR 的美女，欢迎你！"

夏雪霏说开门见山："冒昧打搅您真是很唐突，希望您别介意。我今天来是有个项目和您谈谈。"

丁戴维笑了："能为美女效劳，我很荣幸。和夏小姐说话我就不拐弯抹角了，是不是关于 BOB 公司竞标的事情？"

夏雪霏点头，她欣赏丁戴维的直爽，她说："我们主管很看好丁总的麦加贸易，就先让我和您接触，希望能约个时间，她亲自和你商量。"

丁戴维停顿了一下，把双手平放到桌子的，漫不经心地说："夏小姐，不瞒你说，在你来前，CC 公司也有人来和我谈这个项目。你们都是大企业，各有优势，作为一个商人，我不拒绝任何商机，NR 和 CC 我都愿意代理，我还有另外的贸易公司，可分开作为代理。"

夏雪霏见事情进行得如此顺利，心里一喜说："我希望麦加贸易能作为我们的委托公司去参加竞标，不知道丁总到时候能不能亲自操作？"

丁戴维笑笑："竞标的事这个周五的晚上，和你们主管一起详谈吧，现在也不早了，中午能不能赏脸一起吃饭？"

他说这话的时候，眼神里多了一些其他的色彩，夏雪霏本能地想要拒绝，但想想这也许是个机会，对她在 NR 第一单业务前进的步伐肯定有帮助，便客套地答应了。

没想到丁戴维把吃饭的地点选在了一家很有情调的西餐厅。他帮她叫了牛排和水果沙拉，两个人边吃边聊。

丁戴维说："既然都是朋友了，以后还要在一起合作，我叫你

雪霏吧，你就叫我的英文名字 David。"

夏雪霏笑了说："那好，都说法国男人的热情像亚平宁半岛的阳光一样充沛，David 你让我感觉很愉悦。"

丁戴维说："我父母早年加入法籍，其实我本人还是很地道的中国人。我在中国生活了二十多年，大学还是在北京上的。"

夏雪霏说："其实北京作为中国的首都，商机比深圳更大，当初怎么就选择深圳了呢？"

丁戴维拿起红酒杯子稍稍抿了一下，神情变得有些伤感。他说："当初选择深圳，是因为一个姑娘，和你一样长头发，笑起来嘴角有两个酒窝的姑娘。我们是同学，我从北京追到深圳，最后她还是嫁给了一个美国人。"

夏雪霏有些愣住了，她没想到丁戴维会把私人的事情讲给她听。她赶紧说："哎呀，真是不好意思，我不该问这些问题！"

丁戴维很快调整好了情绪，他笑道："不知道以后除了工作以外的事情，我还能约你出来吃饭聊天吗？"

"求之不得呢。"夏雪霏赶紧答应。她能看得出来，丁戴维对她很有好感。

饭后，丁戴维亲自开车把她送到公司楼下，道别的时候，丁戴维说："雪霏，我想告诉你一件事情。我妻子两年前车祸去世了，我一直都很伤感，上次在机场看到你的第一眼，我忽然有一种久违的心动，如果你愿意的话，我想追求你。"

他开车离去，她站在那，久久难以相信。她只是 NR 公司一个小小的销售人员，而对方是麦加贸易的老总，一个如此优秀的有钱男人，会轻易向她示爱？

4

周五晚上，陈莉莉带着夏雪霏、梅琳和卫平早早等在酒店房间，六点半，丁戴维准时到达，随他一起来的是一个40岁左右的消瘦男人。

陈莉莉对丁戴维的名字和他的公司都不陌生，但还是第一次见面，双方互相介绍寒暄一番，当介绍到那个消瘦男人的时候，丁戴维说："这是我的副手，廖海东，我的另一家维东贸易是由他来负责的。"

廖海东看起来一副很精干的模样，一直站在丁戴维身后，神情淡然，态度自若。陈莉莉事先已经从夏雪霏那得知这次 BOB 的项目中，丁戴维代理的还有其他公司，看来廖海东也是这次项目的负责人了。

分别落座，菜也陆续上来。服务员摆上五粮液，夏雪霏要饮料，陈莉莉说："今天和丁总在一起，怎么也得喝点助兴的啊。"夏雪霏只得作罢。

大家互相客套着喝下第一杯酒，夏雪霏喝下后，面色有些勉强，丁戴维招手让服务员换上啤酒。陈莉莉看在眼里，愣了一下，但很快神态自若，把话题转向工作中。

陈莉莉说："丁总既然同意接受我们 NR 的委托，不知道你觉得 BOB 会选中哪家公司？"

丁戴维笑："BOB 是法国公司，法国人做事向来重实际应用，

这次在电器上预备投资三千万，他们给八家电器公司发过招标通知书，不过就能力而言，你们 NR 和 CC 是最有把握的。"

陈莉莉说："那你觉得我们和 CC 各有哪方面的优劣？"

丁戴维："这个不好说，你们都是电器行业的龙头，旗鼓相当，就品牌来说，你们是韩国企业，历史也很悠久，而 CC 是国产，发展也比你们慢一些，不过就价格而言，CC 在同样品质上价位比你们低了许多。"

顿了一下，丁戴维接着说："CC 的价格是不可忽视的优势，按理说 BOB 应当选择他们，但是 BOB 在深圳的行政经理李远宁是中国人，所以行事方面不见得按照法国人那一套。不过，你们也应该熟悉自己的产品，和 CC 相比，价格可是一个重要的问题呀。"

陈莉莉轻挑一下眉头，心里立时觉得这个丁戴维果然名不虚传。虽然几句话都是在分析竞争的形势，但是，还是让她感觉自己的胜算不大。她笑说："我觉得我们 NR 还是有一定优势的，不然，丁总也不会愿意接受我们的委托了。"

丁戴维笑了，他说："恕我说句实在话，希望陈主管不要生气。我觉得 NR 和 CC 相比，胜算不大。BOB 初入深圳，在经费上肯定会适当斟酌，你们想赢得这场竞标，必须在价格上下点功夫。"

陈莉莉心里咯噔一下，她明白这是丁戴维在和她压价，但又不得不服气他的话确实抓住了要害。她故作平静地说："价格是可以有一定的调控幅度，但是我能掌控的也很有限，希望丁总能多给建议。"

丁戴维说："产品是你们的，你们可以卖也可以不卖，但是我就不一样。我是一定会找一个 BOB 想要的软件卖给他，贸易公司就是比商家还要尽更大努力满足客户需求的。"

然后，他看了一眼夏雪霏，微笑着说："其实，有人劝过我不要接受 NR 的委托。不过，我和雪霏是朋友，她亲自来找我，我还是愿意勉力一试的。"

陈莉莉听明白了，看来让夏雪霏去打头阵，是一个正确的策略。她也看出来了，丁戴维一直在注意着夏雪霏，看来他对她还有其他的意思。并不像夏雪霏说的只是认识而已，换一句话说，可能夏雪霏无意，而对方对她有意。毕竟，夏雪霏年轻漂亮，一头漆黑的长发，标准的东方美女，唯一欠缺的是资历，看起来还有些未脱稚气。

但很多中年男人就喜欢这样的，他们看腻了那些左右逢源、八面玲珑的妩媚女人，觉得少不更事的年轻女孩子，更惹人喜欢。

陈莉莉心里感觉有些不爽。NR 是世界五百强企业，她不喜欢这样被动的局面，但也无可奈何。她端起酒杯，碰了碰旁边的夏雪霏，眼睛却看着丁戴维说："我和雪霏敬丁总一杯，希望在这个项目上能给我们 NR 多一些帮助。"

丁戴维笑着一饮而尽，心里很明白陈莉莉在想什么。他说："交情归交情，我是个商人，我推荐你们 NR，你们的机会当然更大一些，但你得给我最低的投标价格。终归到底，你们和 CC 谁给我的利润最大，我就卖谁的。"

话说到这个份上，丁戴维相信陈莉莉会仔细掂量的。他不想多说，就把话题转移到夏雪霏，问她："雪霏不善喝酒，就吃点主食吧。"吩咐服务员上米饭。

　　吃完饭后，陈莉莉让司机带着梅琳和卫平先走，她提议和丁戴维去酒吧坐坐。丁戴维看了看夏雪霏，微笑着说："我正有此意呢，不知道会不会耽误雪霏的休息。"

　　夏雪霏还没回答，陈莉莉却说了："明天雪霏不加班，晚上消遣一下，没关系的。"

　　一旁的廖海东赶紧识趣地说自己有个应酬，先行离开了。

　　陈莉莉提议去对面的钱柜，大家都觉得不错。夏雪霏的唱功不错，博得丁戴维的阵阵掌声，并一再要求她再来一首。陈莉莉唱了两首民族歌曲，丁戴维也唱了两首英文歌曲。

　　临近十二点的时候，喝了一瓶芝华士威士忌，消灭了二十四瓶啤酒，陈莉莉没喝多少，大部分都被她授意夏雪霏和丁戴维碰杯了。

　　夏雪霏喝得有些头昏，半靠在沙发上说："David 真是好酒量，我不行了，不能喝了，不然一会回家连门都摸不到。"

　　丁戴维理解地说："那今天就到这里吧，陈主管意下如何？"

　　陈莉莉接口说："我也有些晕了，那就麻烦丁总帮我把雪霏送回去。"

　　丁戴维扶起夏雪霏说："我已经给司机打电话了，一会他过来接，把陈主管一起送回去吧。"

　　陈莉莉赶紧起身，说："不用了，我家住在附近，走几步就到了。"说完，先行下去结账了。

　　夏雪霏住的地方有点偏，一座七层的老楼，主要是因为房租便宜。深圳的房价一直在全国都是高居榜首，普通的小白领大都像她一样租房住。一室一厅一月一千，占去了她几乎三分之一的工资，如果是与人合租两室的大概能便宜点，但是她喜欢安静。

丁戴维让司机把车开到夏雪霏的楼下，然后轻轻扶着她下来。夏雪霏道谢，脚步却已是踉跄。丁戴维赶紧扶起，这时他已经有些明白陈莉莉的用意了，故意安排他送不胜酒力的夏雪霏回家，就是给他制造机会。

酒能乱性，也能让女孩子在醉酒的时候，意志薄弱，容易意乱情迷。他沉吟了一下，还是扶着她上楼了。她身上散发着女孩子的清香夹杂着酒气，让他忍不住心猿意马一番。

上楼的时候，怕她走不稳，想抱住她，又有些踌躇，一边拽着她的胳膊，另一边象征性地用手护着。

到了三楼，夏雪霏把钥匙摸出来递给他，他帮她开门，扶她进去。小小的寓所收拾得很干净，客厅有个青色的布艺沙发。他把夏雪霏扶到沙发躺下，又倒了杯水过来，这时，夏雪霏已经昏昏睡了过去。

丁戴维站在那里，怜爱地看了许久。他确定自己喜欢她，但他是个绅士，不会做一些乘人之危的事情。

他去卧室拿了床被子铺到她身上，然后拉门离开了。

5

上午，夏雪霏按照陈莉莉的要求正在整理相关资料和标书，有鲜花公司的员工捧着一大把粉色的玫瑰和白色百合扎成的花束让她签收。

正准备出门的梅琳夸张地大叫着："好漂亮的花呀，是谁送的啊？"声音惊动了旁边小办公室的陈莉莉，她探身出来一看，立刻就明白是丁戴维的杰作了。夏雪霏有些不好意思地收下，这才注意到花束里夹杂着一张卡片：雪霏，中午有空一起吃饭吗？落款，David。

"既然有人约会，中午就不必加班了。"陈莉莉轻轻挪到她身后，笑吟吟地说。

夏雪霏以为自己听错了。她记得上周加班的时候，梅琳的男朋友过来接她吃饭，陈莉莉还阴阳怪气地说："我们这些外企的压力大，消遣也得懂得分个时候，不要在上班时间主次不分。"梅琳吓得没敢离开，让男朋友带了便当送上来。

这次关于BOB的大项目，陈莉莉分外紧张，早会特别交代要尽快拿出方案，包括她自己都不敢偷懒，这会儿却格外开恩让她出去吃饭。真是让夏雪霏猜不透她葫芦里到底卖的啥药。

夏雪霏觉得自己和丁戴维有太远的距离，特别是那天的醉酒事件，让她感觉自己很掉架子，她对这个男人很有好感，他确实是很多女孩子梦寐以求的高富帅类型。但是，她还没天真地奢望和这个男人有什么纠葛，更何况工作为重。她起身对陈莉莉说："老板，我的工作还没做完，中午我会加班的。"

陈莉莉温和地笑了一下："雪霏，我们这个项目有很多地方需要仰仗丁总，你多和他交流也等于是在做工作。"

夏雪霏只得不再言语。内心却有些不安和激动。

NR公司所处的大厦三楼有家日本菜，到了中午，丁戴维便来了电话，把地点定在那里。他说："知道你工作忙，但是忙也得吃饭，吃完后你正好去工作，不耽误时间的。"

夏雪霏为他的细心而感动。

午饭的时候，夏雪霏为醉酒的事说："那天我太失态，真是有些抱歉，还麻烦你送我回家！"丁戴维说："能送你回家是我的荣幸，以后有我在的场合，都不会让你喝太多酒的。"

他把生鱼片沾上芥末递过来，夏雪霏却是有些心不在焉。他明白她是在想着BOB的项目，便笑着说："既然NR把这个项目交给你，我一定会帮你拿下这个项目。我和BOB深圳的行政经理王川以前在北京的时候就是老朋友了。"

夏雪霏大喜过望："那你会建议他选择NR吗？"

丁戴维说："选择哪家不是我说了算，不过我会尽最大努力去推荐NR。今天还想告诉你的是，我已经替你约好了BOB这个项目的负责人艾米，明天下午你可以带着资料直接去找她。"

第二天下午，夏雪霏很顺利地去BOB见到艾米。她是BOB深圳办的主管，大约三十岁左右，长得高大健硕，一副很精干的样子。

夏雪霏简单介绍了一下NR为BOB这个项目做的方案和计划。艾米很认真地听完，并留下相关资料，对她说："我代表BOB向你们的方案表示感谢，我们会在竞标会前认真研究的。"

回去后，夏雪霏向陈莉莉汇报了一下情况，两人商量了一下相关配置，在技术上重新调配一番，价格和商务上也进行了一些处理。下班的时候，陈莉莉很高兴，她提议大家一起去吃饭，她请客。

夏雪霏觉得很疲劳，客气地谢绝了，陈莉莉以为她要和丁戴维约会，忙不迭地挥手让她提前离开了。

她乘地铁还没到家就接到丁戴维的电话："一起吃饭吧！"

夏雪霏婉言谢绝："真是抱歉，今天有些累，改天好吗？"她觉得她还没有心理准备和丁戴维发展，还是不要那么频繁的交往为好，丁戴维关切地嘱咐她早睡。

回家后，她觉得很无聊，想起最近太忙，一直没跟王嫣然联络，便打了电话约了一起去以前常去的梅园餐厅。

王嫣然见到她的第一句就是："我和徐高同居了。"看着夏雪霏错愕的表情，她笑嘻嘻地说："是不是很惊奇啊，我们虽然认识的时间不长，但是你听说过一句话没有，白头如新，倾盖如故，对，就是这个感觉。"

夏雪霏知道这句话是什么意思，就是说有些人你跟他认识很多年，到头发白了，还觉得不了解，像刚见面一样，但是有些人，他刚才车子里下来，跟你一见面，却感觉认识很多年一样。她说："你对他了解吗，就不怕他是个骗子。"

王嫣然一脸甜蜜："我们实在是一刻都不舍得离开对方，如其隔着两个地方相思，我就让他搬过来同我一起住了。"

夏雪霏说："搬过来跟你住？他没有房子吗，一个男人怎么好意思住到女人家里。"她对那个徐高没有太多好感，感觉他太寒酸，配不上王嫣然。

王嫣然显然不赞同这句话："搞艺术的男人都很清高，注重精神财富。他刚从沈阳过来，离婚时把所有的钱财都留给前妻了，我就是欣赏这样有情有义的男人。"

"有情有义，你以前不是说男人有钱才能代表他的能力吗？"

夏雪霏反驳她。

"切，女人找男人，要么就是为钱，要么就是为感情，总得图一样吧。"王嫣然说。

说到有钱，夏雪霏沉思了，半晌，她抬头："你还记得上次跟你一起下飞机的丁戴维吗，他现在在追求我。"

这次轮到王嫣然错愕地张大嘴巴："真的吗，你答应了吗，这个男人可是很多女人梦寐以求的钻石王老五啊，他的身价有三亿。够你花八辈子了，要是能嫁给他，永远都不需要朝九晚五地看人脸色了。"

"可是，我对他并没有什么特别的感觉，这和我想像的爱情不一样。"夏雪霏说。

"小姐呀，你当你还十八岁啊，女人的青春和美貌就像握在手里的股票，等到股市指数涨到最高点赶紧抛出吧。"

是的，所有女人都不反对嫁一个有钱男人。职场如战场，每日把神经绷得紧紧的，老板的压迫，同事间的排挤，对手间的竞争，哪一步稍有不慎便会碰得头破血流。嫁个有钱男人，一切全免了。

有谁能免俗？夏雪霏也不能。这并不可耻。大学时候她曾一度梦想过住别墅、开名车，去巴厘岛度假，而真正工作后才觉得一切不过是奢望。可上天忽然降临一个多金的男人在面前，更何况那男人并不难看。

所以当丁戴维再次打电话约她喝茶的时候，她本能地想拒绝，但想到他的资本和能力，立刻幡然醒悟起来，还主动和他约好时间。

丁戴维在饭后请她看歌剧，她真是对此一窍不通，但还是微笑

着答应了。从开幕曲响起，她的上下眼皮就开始打架，进入梦游状态，一直到后来的女声咏叹调，她才惊醒。丁戴维一直聚精会神，但也看到了她的心不在焉。

出门后，丁戴维说："以后有时间还是多看点世界名著和有深度的东西……"言下之意，觉得夏雪霏思想境界有些浅薄。

夏雪霏嘲笑自己：想获得一些，必须付出一些，如果真的想嫁给有钱男人，就得具备一系列的优雅和境界，才能与他的钱财相匹配。

丁戴维的鲜花照常送来，大家渐渐知道送花的主角是一个钻石王老五，惊羡的目光穿过夏雪霏后背直杀过来，像一张网一样罩在她身上。她的心里再次打起小鼓：接受，还是不接受？

那天晚上，丁戴维过来接她吃饭，她上车的时候，鞋跟不小心卡到街面下水道的井盖上，发出咔嚓一声，居然断了。丁戴维说："你穿的是 36 码吧，先在车上等着，我去旁边的商场买一双。"

夏雪霏只得点头，鞋跟断了的事情，只有尽快买一双新的。

半晌，丁戴维从商场出来，拿出一双米色的鞋子，先让她换上。上车后，他忽然拿出一个精致的盒子，里面是一条周大福的手链，他含情脉脉地说："雪霏，我觉得这条手链很配你，不知道你喜欢不。"

夏雪霏吃了一惊，很快平静下来："谢谢你，不过我觉得这个手链很贵重，我不能收。"她谢绝。

"为什么，难道你不把我当朋友看待？"丁戴维有些失落。

夏雪霏想了想，有些不忍心打击他，说："David，你误会了，我一直把你当成好朋友，也对你很有好感，我很看好你这个人，并不是看好你的钱。我不希望我们的关系一开始就牵扯到金钱。"

丁戴维松了口气，夏雪霏的话让他感觉很舒服。他认识很多女孩，总是千方百计找他要钱，难得有不喜欢钱的女孩，真是不可多得。想到这里，他更下定了对夏雪霏的追求决心。

第三章　B 选项也会错

1

夏雪霏一进办公室，梅琳就神秘兮兮地小声告诉她："你跟进的B0B的项目，北京总部很重视，今天南部区域总监潘笑声又来了，刚进老板的办公室。"

夏雪霏吃了一惊，NR的人都知道，潘笑声是副总裁胡一品一手提拔的，这可是个机会，能在他面前做出成绩，对于以后在公司的升迁，绝对大大有好处。

她不动声色地继续埋头自己的工作。一会一个大约四十多岁的男人从陈莉莉的办公室出来，经过夏雪霏旁边的时候，发现她正聚精会神地做着预算，轻轻地招呼了一声。夏雪霏这才发现总监在旁边，赶紧站起来和他握手。

潘笑声笑眯眯地说："希望你们大家多协助莉莉的工作，这个项目做下来，我会申请为大家加工资。"夏雪霏受宠若惊地点头。

这时他的电话响了，他看了一下来电显示，便向门口走过去，在门被关上的一刹那，夏雪霏隐约听到他说："David，你好啊——"

她想，怎么那么凑巧，很多人都叫这个英文名字。

丁戴维再次打来电话约她，因为想到离最后一次去 BOB 的介绍会没有多少时间了，她再次婉言拒绝了，并说明原因，丁戴维也不生气，鼓励她说不用太担心，机会还是很大的。

陈莉莉那几天的情绪不好，夏雪霏在格子间两次听到她在电话中和人争吵，还有些气急败坏的咒骂，但是，她从办公室出来时会恢复笑眯眯的样子，让人难以捉摸。

照例和陈莉莉一起加班，中途她去卫生间，回来后从陈莉莉半掩的门里又听到她在电话里和人争吵。陈莉莉的声音近乎咆哮："你这样见异思迁、不负责任的男人，我怎么可能放心让儿子跟着你，以后你再找个狐狸精，还不晓得怎么折磨我的儿子……你不用管我，为了儿子，我可以不再结婚……他是我生的，我自然会当作宝贝……你休想！

陈莉莉啪的挂断电话，半晌，夏雪霏听到她压抑着抽泣的声音，一时不知如何是好。前段时间就听王嫣然说陈莉莉婚变，看来事情还很严重，两人应该是在争夺儿子的抚养权。对于陈莉莉的家事，她一个做下属的，是比较忌讳探听的。

夏雪霏想去安慰她一下，又觉得不妥，想了想觉得还是先出去避开一会。刚站起身，陈莉莉就拉开门走了出来。夏雪霏更觉尴尬。

陈莉莉眼圈红红的，她淡淡问夏雪霏："做的差不多了吧，今天就先到这儿吧。最近我私事缠绕，真是累坏你了。"

夏雪霏赶紧谦虚地说："这是我应该做的。"一边收拾东西，准备离开。陈莉莉站在旁边小声说："雪霏，我心情不好，陪我去

喝点酒吧。"

夏雪霏有些意外，但还是爽快地答应了。她想，一向强悍的陈莉莉也不是铁打的，无论什么人都会有烦恼，郁闷的时候找人倾诉，也是一种好的发泄方式。只是，陈莉莉把倾诉目标放到她身上，真是有些意料之外。或许，这是改善两人关系的一次好机会呢！

两人找了一家比较安静的酒吧，要了一打百威。陈莉莉打开一瓶，仰头一气喝下一半，然后她打开话匣子："做女人要比男人辛苦多了，特别是我们这个时代的女人，不但要承担相夫教子的责任，还要工作，哪一面做得不好，都是失败。"

夏雪霏赶紧说："谁的生活都不是一帆风顺，老板你已经很不错了。"

"哈，不错，别人不了解我的情况，你还不了解吗？我父母早逝，靠着亲戚们的怜悯上完大学。后来认识他，他的条件很好，但是，我并不甘于做一个家庭妇女，我去进修，就是希望有一个好工作。这几年，我付出了努力，也收获了很多。但是，他的工作在北京，我们聚少离多，这也怪我，是我疏忽了，才让那个女人得逞。现在什么我都忍了，他还想把儿子要走！"陈莉莉憔悴的脸上略显沧桑，眼角也溢着泪水，这和平日里那个光鲜干练的形象截然不同。夏雪霏立感同情。

她安慰她："老板，至少你还有工作，工作是对一个女人最好的肯定，如果你对他还有感情，就原谅他吧。"

陈莉莉恢复骄傲的表情："那是不可能的，如果他是在应酬中一时意乱情迷就罢了，我可以假装什么都不知道，可是，他跟那个女人在一起，太伤害我了！"

"为什么，那个女人是谁啊？为什么不能原谅呢？"夏雪霏脱口而出，但立刻觉得自己有欠妥当。

陈莉莉已经喝下八瓶啤酒，但依然保持着清醒，她没有回答那个女人是谁，只是微笑着说："雪霏，你和丁戴维发展得怎么样，对方可是个不可多得的男人啊，你可得抓住机会。"

夏雪霏笑笑，本想说，没什么发展的，但想到这样一来，陈莉莉会觉得她过于生分，便回答说："在一起吃过几次饭吧，觉得还行，等咱们这个项目做完了，我再考虑感情的事。"

陈莉莉意味深长地点了点头，掂起酒瓶和夏雪霏碰了一下，很快把剩下的酒喝完。

出门的时候，她对夏雪霏说："谢谢你啊雪霏，明天我不去办公室了，后天上午的介绍会，就由你全权负责，到时我会一起去助阵的。"

一天后，BOB 在酒店租下最大的会议室，几家公司的项目负责人轮流上台介绍了自己的方案，NR 排在最后一位。在倾听别人发言的时候，除了 CC 公司，夏雪霏觉得他们的方案和配制设施都有一定的欠缺，心里立刻有了十足的底气。

轮到她的时候，她向会场看了看，还是没有陈莉莉的影子，只得清了清嗓子，对着投影仪，详细讲解了 NR 的产品优势和方案，特别强调了对项目的重视和承诺。她看到坐在后排的艾米不时同一个身材很是魁梧的男人小声商量着，估计那个人就是 BOB 的行政经理王川了。

　　介绍结束后，她看到王川站起身，她用期待的目光看过去，王川居然冲她回应一个认可的点头。她心里一块石头落地了。

　　一周后，BOB 的竞标结果出来，果然选中 NR。顺利签下合同后，陈莉莉很高兴，晚上请全体同事一起去 happy，腐败了一把。连梅琳都在上卫生间的时候称赞夏雪霏："真有你的，一出手就拿下这个大项目，我真是太佩服你了。"夏雪霏赶紧谦虚："这都是老板的功劳，我们这些做下属的只管照着办就是了。"

　　大家的心情都不错，都等着加薪和奖金，但此后陈莉莉却绝口不提此事。她不提，没人敢吭声。都只好各自忙其他的项目了。

　　难得在周末休息，丁戴维再次约夏雪霏一起去打高尔夫，夏雪霏一是刚忙完工作，心情不错，另外她也实在找不到什么理由拒绝他，便爽快地答应了。

　　丁戴维约着一起打高尔夫的都是有合作关系的公司老总，其中还有一个是政府要人，夏雪霏在电视上经常看到他。带她出席这样的场合，看来丁戴维确实把她很当一回事了。

　　大家都夸丁戴维找了个年轻漂亮的美女，一番调侃，丁戴维立刻洋溢起得意的微笑，很是受用。夏雪霏心里有些反感，但还是什么都没表现出来，微笑着站在一旁，端茶倒水，俨然温顺的小丫头。

　　好在打了一会大家都比较累了，有两个人有其他应酬，就商议着各自离开。丁戴维带着夏雪霏驱车到海边一个情调优雅的法国餐厅吃饭。

　　夏雪霏先是感谢了一下丁戴维对 BOB 项目的帮助，丁戴维微笑着说："你不用谢我，这个项目我也获得利润了，这是双赢的事情。"

　　夏雪霏最欣赏的就是他这点，傲而不狂，便不再多说客套的话。两个人随便闲聊了几句，夏雪霏无意提及陈莉莉的态度，丁戴维忽然说："看来，你这次被她白白利用了。"

　　夏雪霏一愣："怎么说？"

　　"BOB 的项目并不仅仅是为 NR 发展了一单业务，还竞争下 CC，这充分显示深圳区域的市场竞争趋势。NR 的高层很重视同 CC 的市场竞争，在长江以北，CC 一向占领着家用电器 20% 的市场。"丁戴维对市场的分析如数家珍，让夏雪霏不得不佩服。

　　丁戴维接着说："这个项目是你一手负责，她不过协助了一下，虽然我以前没同她打过交道，但是圈子里的很多人都领教过她的左右逢源。我敢肯定，她肯定把所有功劳都记到自己头上了。"

　　夏雪霏不置可否地看着他，嘴上没说什么，心里却也是一下子失落千里。

2

　　月底，陈莉莉又恢复到精神抖擞的状态，并且破天荒地没有让夏雪霏做本月报表，甚至还派了个收债的工作让她去做，并且告诉她："这个叫洪涛的经销商欠了我们五十多万货款，一直用种种借口拖着，人也比较赖皮，如果你能要回个整数就行，公司会按照 1% 的比例给你提成。"

　　五十万的 1% 也不少了，是她一个月多的基本工资呢。夏雪霏高兴地领命而去，旁边的梅琳看着她，欲言又止，待她出门后，忍

不住叹口气说："又一个垫背的去送死了。"

夏雪霏按照陈莉莉给的手机号码先打了一遍，对方没有接通，她只好按照地址找到洪涛在罗湖区商场上的柜台，一看，生意还不错，柜台上摆的主要是 NR 的电脑和显示器，还有其他一些小牌子的电脑，五个售货员，有的在开单，有的正在搬货。一派生意兴隆的样子。

夏雪霏找到那个闲在一边玩游戏的女孩说："我是 NR 深圳分公司助理，想见一下你们洪老板。"女孩子一听，撇撇嘴说："我们老板不在，你改天再来吧。"

一上来就吃了闭门羹，夏雪霏不死心地问："那他什么时候会在？"

女孩子不耐烦地说："老板的行踪我们没权利问，你就是找到他也没用，他说了 NR 的人最不守信用。"

夏雪霏意识到，事情没那么简单，看来今天是白跑了一趟。她还是有些不死心，随手从桌子上拿了一张名片，发现上面有两个手机号码。

走出商场后，她拨打了一个号码，一个男声很热情地说："你好。"她刚一自报家门，男声就换了态度，冷冷地说："是来收账的吧，让你们主管陈莉莉跟我谈吧。"说完就生硬地挂断电话。

夏雪霏只得悻悻回到公司，一进门，梅琳就告诉她："潘总监在老板办公室，已经进去一个多小时了，我去倒茶的时候，听到他们在说 BOB 的项目，潘总监说要加老板 10% 薪水。"

夏雪霏心里沉了一下，说："有没有说我们这些下属有什么奖励，发点奖金，或者给个出去旅游的名额应该没问题吧。"

梅琳摇头，说："这个我倒没听到，不过，以老板的为人，我觉得我们都要失望了。"

夏雪霏想起丁戴维对她讲的话，心里的失落更加重了一层。这时。梅琳问她："那个洪涛不容易对付吧？"

夏雪霏有些气馁地回答："哪止不容易对付啊，简直是蛮横不讲理，现在欠债的倒成大爷了，照这样下去老板必须得采取法律手段了！"

梅琳冷笑："要是能采取，老板还会等到现在？"

夏雪霏有些纳闷："为什么，梅琳，你得给我讲讲？"

梅琳看了看陈莉莉的办公室，见一直紧闭着，这才小心翼翼地说："是因为返点啊，老板总喜欢做这样的事。她私下扣留了经销商的返点，以前都没有被发现，洪涛是罗湖区最大的销售商，公司给他的返点是每月二十万会有一万的现金，但是老板只给他返两千，恰好半年前他有个亲戚在广州也做咱们公司的产品，两人一对照，就穿帮了。所以，他才赖着不还货款。"

夏雪霏这才明白美差原来并不美。梅琳有些同情她，继续说："卫平去要了两个月，每次都被骂了回来，他可是咱们公司最有能力的售后公关。"

看夏雪霏未置可否的态度，她得意地说："去年有家日本人开的贸易公司欠款一百多万，还仗着中国法律对外企的宽大政策打擦边球，叫嚣着我们有钱，就是不给你。后来卫平每天都去堵他们的老总，还把铺盖都搬到他们老总的办公室，老总去应酬，他也去，别人问是谁，他直接说我是要债的，搞得对方很没面子，最后只得

乖乖把钱还了。"

夏雪霏被她诙谐的语言逗乐了，看来那个卫平平时不言不语，倒还是个干实事的人。但一想到那种粘人的要债方式，她就大打退堂鼓。首先，她是个女人，不可能随时去缠着一个男人，再者，是陈莉莉有错在先，不把返点的错误弥补，看来别指望要回欠款。

作为老板的助理，就算知道老板瞒上欺下，也只能假装不知道，难不成你还越级上报，上层领导毕竟和陈莉莉直接接触得多，怎么会听信一个微不足道的员工的话，搞不好，还会得罪陈莉莉，还会面临扫地出门。

夏雪霏感觉这真是一个头疼的问题，可是既然陈莉莉交给她了，她总得给她一个结果。

这个时候，总监潘笑声从陈莉莉办公室出来，陈莉莉紧随其后，两个人的神情都很高兴。潘笑声一边走，一边说："CC在北方声势强大，这次关于BOB的项目，足以证实了我们NR的实力是不可忽视的。希望你们继续努力。"然后，他大踏步就离开了，经过夏雪霏身边时却没有多余的目光。

夏雪霏心里顿时凉了，如果陈莉莉提到她在这个项目里的劳动，那么潘笑声肯定会对她在言语上有所表示。如今看来，丁戴维的预测八九不离十了。

果然，月末例会上，陈莉莉拿出已经上报的报表，统计当月业绩里只有关于BOB项目的总结和利润，丝毫没有提到夏雪霏，连其他同事都看出一点眉目了，但大家都只能面面相觑，都不敢言。

对此，陈莉莉没有丝毫的神色变化，显然她不是不明白众人的疑问，轻轻用一句："本月助理夏雪霏表现不错，作为我们部门进来较晚的新人，希望在这个项目里学到一些有用的东西。"就把一切都打发了。

夏雪霏心里乱糟糟的，她觉得很委屈，一直咬着牙，强压住怒火。下班后，她一出门就忍不住流出眼泪，她想不通，为什么事情是她做的，功劳却被陈莉莉拿走，心里极度的苦涩和惆怅。

她相信只要付出就一定会有回报，像 NR 这样的外资企业，一向看事不看人，她以为自己这一个多月鞠躬尽瘁、死而后已，会换来该得的东西，如果不是她厚着脸皮去找丁戴维，事情不可能那么顺利。连陈莉莉也明白这个道理，不然她不会处处撮合夏雪霏和丁戴维的交往。

明白自己在这个项目的价值，夏雪霏不由得重新对陈莉莉定位，想起她那天在酒吧里的倾诉衷肠，夏雪霏不得不佩服她的反复无常。这个女人不仅仅是虚伪，还狡诈，还阴险，擅长过河拆桥，卸磨杀驴。

这件事让夏雪霏一下子成长起来，先前懵懵懂懂的职业发展意识也变得清晰。她明白自己碰到这号老板，不要指望她能栽培你、推荐你，唯一能做的是，自己去争取。

她直接找到陈莉莉，还是有些底气不足地说："老板，BOB 的项目我跟进了不少，现在出成果了，我的工资能否调整一下？"

陈莉莉倒是一愣，但她很快装傻说："雪霏，这个项目对你是个锻炼，你从中不也获得一定的工作经验吗，这对你以后的进展会是最大的奖励，并且项目结束后，我不是请全体同事去吃饭了吗？"

夏雪霏很泄气，她很清楚地知道，陈莉莉请大家吃饭的钱也算

到公司的商务运算里了，根本不是她私人拿钱。

看着她不爽的表情，陈莉莉赶紧找借口说："BOB 的项目已经告一段落了，作为一个有待提高的员工，你现在应该跟进新的工作。我不是已经说了，如果能把洪涛的欠款要回，就能获得 1% 的提成，这个我已经跟财务部做了申请的。"

话说到这个份上，夏雪霏只得忍着愤恨走出来。陈莉莉摆明知道，不解决私吞返点的事，洪涛是不可能还上货款。傻子都知道她是在糊弄夏雪霏，她知道夏雪霏不能完成这个任务，这还能成为她揪错的一个由头。

她的奸险让夏雪霏连反击之力都没有。

3

夏雪霏请了两天假，她的理由是生病了。陈莉莉自然明白个中缘由，她也有点怕把夏雪霏惹急了，很大方地批准了。

夏雪霏在家里躺了一天，当丁戴维的声音从电话里传来的时候，她觉得像亲人一样亲切。忍不住"哇"的一声哭了出来。丁戴维吓了一跳，当她抽泣着把原因告诉他后，他松了口气，让她等着，他马上过来。

这是丁戴维第二次来夏雪霏的住处，他带了一个汉堡和一杯奶茶，难得他这么细心。夏雪霏在那一瞬间有想哭的冲动。她把食物放到一边，默默拥抱住丁戴维，把头埋在他胸前，感觉到一种从来没有过的安定。

丁戴维显然有些受宠若惊，他拍拍夏雪霏的后背，像哄孩子一样安慰她说："事情没有你想像的那么坏，一切慢慢来，会好起来的。"

他的话让夏雪霏破涕为笑，她轻轻推开他，拿起汉堡和奶茶，边吃边说："谢谢你，Daivd，认识你真好，每次你都会帮我，不管是工作上，还是精神安慰。"

夏雪霏不想出去，他们坐在沙发上看电视，两个人依偎在一起。她能感觉到他身体微微的颤抖，和喉咙吞咽时发出隐忍的声音。

夏雪霏的眼睛看着电视，心里却是思绪万千。对于一个职场女人来说，最佳的 A 选项是工作，依赖丈夫不如靠自己，有一个好的工作，女人才有光辉闪耀的地方，工作是女人最好的价值表示。但是，婚姻也是女人的 B 选项，飞上枝头变凤凰，嫁入豪门是最佳捷径，多少女人前仆后继。好婚姻益处多多，首先让女人从此不需要再奋斗，不必三九寒暑，风吹日晒，雨淋霜冻，不必看人脸色，不必为加班消得人憔悴，最起码不必陷入办公室的勾心斗角。

想着想着，她昏昏沉沉睡去，中间迷迷糊糊好像感觉丁戴维起身去了阳台，并在那打了一通电话。等她醒的时候，已经到了晚饭时间，她以为丁戴维会邀请她一起吃饭。谁知他说有个应酬，必须先离开。

夏雪霏略略感觉失落，她发现不知道从什么时候开始，她有些依恋他了，但也不好挽留，大家都是成年人，都懂得工作重要。

丁戴维走的时候有些神秘地对她说："那个经销商洪涛我也认识，其实他人还不错，我建议你明天再和他联系一下，也许事情会有转机。"然后，不待她回答，开门离去了。

聪明如夏雪霏，立刻联想到他在阳台打电话的事情，心里不由又是感动，又是惭愧。

第二天，夏雪霏提前销假，她再次拨打了洪涛的电话。她很客气地说："洪老板，目前这件事情是由我来负责，有什么问题我们可以沟通，事情总得有个解决的办法吧。"

那边的洪涛像换了个人一样，态度热情地说："夏小姐说得对，不过有些问题确实需要解决，不如我们约个时间当面谈吧。"

最终交涉的结果是，洪涛答应付款，但要求 NR 出资为他新上的柜台做一番装修，费用大概三万元。夏雪霏心里明白，洪涛只是要回自己应得的返点，但不明说，免得让她回去在陈莉莉面前难做。

她打电话跟陈莉莉汇报了一下情况，陈莉莉忙不迭地答应，还在电话里嘱咐她："你告诉洪老板，以后的供货，会按照 NR 最优惠的政策。"

夏雪霏明白，陈莉莉是在向洪涛表明，以后的返点会按真实的比例给他。

最后，洪涛交给她一张事先填好的支票，若有所指地说："夏小姐，还是你面子大，如果换成陈莉莉来要钱，我是断然不会给她的。"

夏雪霏站在那里，细细品味他的话，她知道是丁戴维的作用，悲喜酸甜，同时溢上心头。

回到公司后，夏雪霏被陈莉莉叫到办公室，她说："雪霏，有件事要和你说一下，洪涛那里要账的提成，不能给你了。"

夏雪霏狐疑地看着她："为什么，难道支票是假的？"

"支票当然不假，但是由于他要求公司为他装修新柜台，这部分钱从公司商务经费中扣了一部分，你的那部分提成算一部分，不然公司这个月经费太大，总部财务会有意见的。"陈莉莉用不经意的语气说得理直气壮。

夏雪霏气不打一处来，篓子是她陈莉莉捅的，别人收拾了残局，她还不守承诺，落井下石。1%的提成不是大事，但一而再，再二再三地被她戏弄和利用，让夏雪霏感觉愤怒。她也火了，她冷冷地说："老板，我对你的诚信表示怀疑，不知道你哪天说的话是真的，你的做法让我感觉很灰心。"

然后，她拉开门，在还没到下班时间，就离开了。

晚上，她独自一人去酒吧喝酒，在嘈杂的音乐声里，她尽量让神经麻痹着，免得去想那些头疼和愤怒的事情。不知喝了多少杯，她感觉自己像溺水的婴儿一样无助，低垂着头，趴到吧台上。旁边有一同样醉醺醺的男人伸手搭到她的肩膀："美女，我们聊聊吧。"

夏雪霏转身，恶狠狠地对他说："滚，姑奶奶现在想杀人。"男人吓了一跳，没想到这样漂亮的女孩，脾气还不小，赶紧滚一边去了。

后来，酒意上头，所有的委屈和惆怅涌上来，她的眼泪就像涨水的河堤，哗哗地往下流。她摸出手机，拨通了丁戴维的号码。

不一会，丁戴维就赶了过来，有些嗔怪她喝酒，扶着她把她送回家。

半夜醒来，她才发现自己浑身脏兮兮地躺在床上，起身到客厅发现丁戴维已经在沙发上睡着了，她拿了床毯子，轻轻盖到他身上。看着他略带疲倦的睡态，这一刻，温暖而感动，她的心忽然动了一下。

　　她转身去了卫生间洗澡，她相信哗啦啦流水的声音肯定会让他醒来，而他一定懂得这个暗示。

　　多日来工作上的波折与打击，让她日渐丧失信心，而他给予的帮助和支持，让她渴望有一个温暖的港湾，在受伤后，能躲进去，梳理自己的羽毛。

　　她想，就这样吧，还有什么犹豫，现实让她也变得愈发的现实，还能有什么比抓住一个有钱男人更实际？就如王嫣然所说，这支股票已经涨到最高点，再不抛，就要被套牢了。

　　镜子渐渐被朦胧的雾气笼罩，她听到丁戴维醒后咳嗽的声音。她把镜子擦了擦，里面展现出一个成熟女子丰满而洁白的躯体。但是眼皮有些耷拉，眼角有细小的鱼尾，眉毛也有些杂乱，胸部也不够完美。虽然这些不注意看，并不明显。

　　她呆呆看了很久，忽然就改变了主意。

　　她穿着衣服走了出来，淡淡地说："David，我今天好像感冒了，谢谢你送我回来，时间不早了，你先回去吧。"

　　丁戴维呆呆愣了一下，表情有些失落，但他很快恢复常态，潇洒地说了声："OK，你早点休息吧。"起身离开了。

　　他走后，夏雪霏瘫坐到沙发里，细细想了很久。爱情对于职场女人来说，也是一个项目投资，所有的步骤都需要谨小慎微，只有在最初良好的开端的基础上，才能有更和谐美好的发展。

　　她决定，在和丁戴维有第一次身体接触前，去一趟韩国。

4

夏雪霏照常上班，一切像什么都没发生一样，她还没心没肺地向陈莉莉道歉："对不起啊，老板，我最近太累了，情绪有些失控，请你多担待。"

陈莉莉再次摆出她招牌式的笑容说："年轻人有些冲动在所难免，难得你知错能改。"

"老板，医生说我有抑郁症前兆，建议我休假两周，还请你批准，你可以取消我这个月的薪水。"

陈莉莉略略有些疑问，但还是很快假惺惺地说："健康重要，我批了，至于薪水，照发，你回来从加班的时间抵消就行了。"

夏雪霏暗骂一声：真是奸诈，时刻不忘剥削下属。

首尔是韩国的首都，首尔有一条比较闻名的街道，几百家整容诊所和整容医院并排而列。对于韩国人来说，整容就像理发一样，是最平常普通的事情。韩国美容比较讲究人性化和一种整体的和谐美。他们认为整容就像穿衣一样，需要量体裁衣。手术不仅改变了局部，更要和整体效果，如身材、服装、职业协调搭配。

夏雪霏是个有点心思的女孩，这几年她存了八万元，在高消费的都市，每月除去房租、水电、穿衣吃饭、交通应酬，很多女孩都是月光族，相比较她还是比较会精打细算。这次去韩国，她把八万元全部取了出来，还找王嫣然借了两万元，对丁戴维说湖南老家有个亲戚结婚，要离开几天。

先把面部修饰一番，眉毛修了一下，太阳穴部位的皮肤拉紧了点。

她的胸部还算是丰满挺拔，无需大动干戈。不过，在大学刚毕业时候，做过一次流产，她的乳晕显得很深，由原来的粉红变成了深棕。乳头也不好看，记得以前是一枚圆润的樱桃，现在有些近似裂开的杨梅。对此，她接受美容师建议做了个乳头漂染，使乳头变得圆润粉红，基本上接近于十八岁少女的原状。

美容师问她需要不需要做个处女膜修补术。她拒绝了，她觉得丁戴维要是发现她是处女，肯定会有一种被欺骗的感觉，一个二十六岁的"处女"，要么是假的，要么就是太丑了，一直无人问津。她选择了阴道紧缩术外加阴唇漂染术。很多女人都觉得脸蛋是最吸引男人的，其实，男人更在乎那个地方。

回程的时候，买了一张飞机票后，她卡里的钱也所剩无几了。

回去后，夏雪霏暂时没有告诉丁戴维，整容的地方虽然只是动了小口子，但至少也得一个月才能痊愈。她回到公司，大家都觉得她好像有些变化，连陈莉莉都问她："你最近怎么了，用了什么化妆品，怎么好像变漂亮了。"

漂亮话虽然这样说，但陈莉莉还是照样派给她很多琐碎的工作，还美其名曰："我想让你多做一点，尽快成为公司的精英骨干。"

夏雪霏愈发明白为什么前一任助理会辞职了，有谁能受得了陈莉莉这样刻薄的老板。

唯一能舒心的是丁戴维，当他得知夏雪霏已经回来后，忙不迭地的请她吃饭。夏雪霏觉得差不多了，提前下班去美容院做了一下脸，换上一条看起来有些飘逸的白裙子。她本身长得就漂亮，加上在韩国修饰一番，更显得愈发动人了。

丁戴维一看到她，不由得张大了嘴巴："雪霏，中国有句话说，士别三日，刮目相看，我怎么发现你变漂亮了！"

夏雪霏说："怎么，我的意思是说我以前不漂亮。"

丁戴维赶紧摆手："不是，不是，我的意思是说，你比以前还漂亮！"

夏雪霏不想解释这个问题，免得越描越黑，再说她只是略略修饰了下，并没有做大的改动。

吃饭的时候，丁戴维含情脉脉地说："时间还早，我今天想带你到一个地方去。"

夏雪霏猜到他的意图了，但还是假装白痴地说："什么地方啊？"

丁戴维笑："先保密，一会去了你就知道。"他拉起她的手，驱车带她到了靠海的方位。

那是一片很安静的小区，夏雪霏听王嫣然说过，深圳一些外商都喜欢在那里买房子。小区有高大的椰子树，草坪修剪得整整齐齐，影影绰绰的小高层别墅耸立其中。

丁戴维带她到一栋别墅前停下，夏雪霏问："这是什么地方？"

丁戴维一边开门一边说："这是我家，我在本地还有三套房子，但都是作为投资，都租出去了。"

夏雪霏说："你怎么事先不说清楚啊，要知道是你家，第一次上门，我怎么也不能空手来啊。"

丁戴维笑："我家里没其他人，我喜欢安静，钟点工每天上午来一次，你带礼物来送谁啊。"

夏雪霏脸红了，她一时不知道说什么好。丁戴维带她回家，能

说明什么问题呢，看来，故事就要拉开帷幕了。

　　她心里有些紧张，还有些莫可名状的失落，丁戴维的房子很大，足有两百多平方，里面倒很简洁，也被收拾得干净妥帖。在鞋柜换鞋的时候，她特意注意了一下，除了拖鞋，没有女人穿的鞋。

　　丁戴维请她坐下，打开音乐，去酒柜倒了杯白兰地递过来。夏雪霏注意到酒杯是郁金香形的高脚杯，她摇头："我还是不喝了。"

　　丁戴维笑："放心，如果你醉了，就住下，楼上有很多客房。"

　　他把杯子放到她面前说："你闻一下味道，这种白兰地可是原产于法国 1982 年的正宗樱桃白兰地，是酒中的极品和珍品。"

　　夏雪霏赶紧接过说："既然是极品和珍品，我就尝一下，不然多可惜啊。"

　　丁戴维说："白兰地是一种高雅而纯正的美酒，在高兴的时候，来一杯白兰地，会使你情趣倍增。白兰地的饮用方法多种多样，不同档次的白兰地，采用不同的饮用方法，可以收到更好的效果。像这种 X.O 级樱桃白兰地，是在小木桶里经过十几个春夏秋冬的贮藏陈酿而成，最好的饮用方法是什么都不掺和，这样原浆原味，更能体会到这种艺术的精髓和灵魂。"

　　他的话让夏雪霏听得一愣一愣，她觉得自己真是惭愧，出身普通，职位低微，如果不是认识丁戴维，也许一辈子都不晓得白兰地会有这么多的学问。

　　她一面泛酸，一边假笑着掩饰自己的无知。

　　丁戴维有些得意地说："边听音乐，边用舌头慢慢地在酒面轻轻地与酒摩擦一下，再品一小口酒。一定要让酒停留在自己的嘴里面。

吸一口气。再咽下去。这样，它的芬芳与浓郁就会瞬间在你的鼻腔与嘴里翻腾。可不是一般酒能拥有的味道。"

夏雪霏按照他的方法，细细品了一下，果然有一种与众不同的醇香。

两人对喝起来，越喝越高兴，互相看着对方的脸傻笑。然后，丁戴维趁身过来，轻轻把她拥在怀里。

夏雪霏感觉额头一片温润，丁戴维的嘴唇由上而下，慢慢移动到她的嘴唇上，急促的呼吸和男人特有的气息扑面而来，她闭上眼睛，温顺地被他抱到楼上……

世上有许多人，很可能在初恋失败的那一刻，或年轻丧偶的那一天，便已经把自己一生的爱，跟着埋葬。剩下的只是身体，在人间过着不得不过的日子。那心中留下的只是情，不是爱。只是平静地回应着、积累着，却永远不再炽烈、燃烧！

走着走着，就散了，回忆都淡了；看着看着，就累了，星光也暗了；听着听着，就醒了，开始埋怨了；回头发现，你不见了，突然我乱了。

她的世界太过安静，静得可以听见自己心跳的声音。心房的血液慢慢流回心室，如此这般的轮回。聪明的人，喜欢猜心，也许猜对了别人的心，却也失去了自己的心。傻气的人，喜欢给心，也许会被人骗，却未必能得到别人的心。你以为我刀枪不入，我以为你百毒不侵……

欢愉过后，看得出丁戴维很满意。他搂着夏雪霏说："明天你搬到我在华强路的那套别墅去住，把你的房子退了吧，如果你不想

工作，以后我养着你。"

夏雪霏沉默了一下，然后拿起被子把自己裹住起身坐起。她很郑重地说："David，我同意和你同居，但事先我有三个条件，希望你能遵守。"

丁戴维笑笑说："什么条件？"

夏雪霏说："一，我会继续工作，希望你能尊重我的事业心。二，我们的同居要低调，我不希望好事的人议论。三，我希望我们在一起是 AA 制，我喜欢的是你这个人，不是你的钱。"

丁戴维有些愣住了，他没想到这个女人不但漂亮，还很清高，这让他心里更加高兴。他这样的男人越是有钱，越是不希望女人跟他交往是为了钱。如果一个女人处心积虑为了他的钱，他立马觉得索然无味，立刻就会甩掉。

很多男人都是这样自私的情欲动物，他们靠标榜着自己的身价和资产，想从女人身上获得自己想要的东西，觉得是天经地义，可是却不能容忍女人贪图他们的钱财，他们会觉得女人庸俗，立即想甩掉。

如果有一个能满足他身体和心理私欲的女人，对他没有金钱的欲望和贪念，他会觉得真是太好了。

5

和丁戴维同居后，夏雪霏心里有了依赖的主心骨。尽管陈莉莉照样刻薄地对待她，可是，她的忍耐力愈发提高了。同在暴政下，梅琳和她关系走得更近了，并不时告诉她一些公司的黑幕。

陈莉莉照样私下扣掉她负责的经销商的返点，并且做法越来越高明。公司规定，经销商当月的销售额达到一定比例，就会有现金或者货物返点。现金返点是按照销售额的 5%，货物则是 7.5%。公司有统一的返点单，一共四联，负责人一联，经销商一联，做账和存根各一联。

返点单必须有经销商亲笔签名和盖章，而陈莉莉一开始是把单子拿回后自行涂改，后来觉得这种方式有些拖泥带水，存根上的字迹会有所暴露，干脆连返点单都不让经销商看到。

特别是对于新开发的经销商，她偶尔会拿出很少一部分现金或者货物，当作奖励，大部分的返点都被她折合成现金，全部贪入自己腰包。

对她的行径，公司里很多人都心知肚明，大家碍于面子，都装作不知道，有些人私下也模仿着贪污经销商的返点。

夏雪霏在梅琳的提点下，一点点明白了这个现象，对此她深恶痛绝。大的企业，总会有一些操作上的漏洞，而这种不正之风如果不杜绝，势必影响公司的发展。特别是竞争如此激烈的形势里，同样的品种，价格也不会相差太多，质量第一，更重要的是售后和服务。而销售和服务的领导团队各谋私利，一团乌七八糟，是很难凝聚市场的号召力，长此以往，让销售商对 NR 的诚信表示怀疑，注定会失败。

陈莉莉偶尔也会带夏雪霏去见客户，她的游刃有余，让夏雪霏不得不佩服。夏雪霏觉得自己还是老实呆在办公室打打杂、跑跑腿

更好。

晚上回去和丁戴维闲聊，夏雪霏有些郁闷地诉说办公室的状况和自己的苦恼。丁戴维轻轻拍拍她的脸说："公道自在人心，恶人会有恶报。"

夏雪霏有些失望地说："目前她是 NR 深圳办的老大，谁能去给她恶报。"

丁戴维笑："昨天我和你们的总监潘笑声在一起吃饭。他最近特意留在深圳，好像就是为了整顿深圳市场，我向他提起你跟进 BOB 项目的事情，他说早就有所耳闻。"

夏雪霏追问："那他有没有告诉你，会采取什么措施？"

丁戴维刮刮她的鼻子："我们只是朋友，这些事情，他怎么会告诉我，我只是点到为止，希望帮你的努力争取来一个公道。不过这个潘笑声是比较务实的人。事情一定会有一个结果。"

夏雪霏祈祷："但愿如此。"

端午节，总监潘笑声请深圳办所有部门的人去海边农家吃海鲜，随行的还有人事部的经理陈东。大家坐了两辆车达到后，陈莉莉一副主人状态，呼前喝后、八面玲珑。

总监还没发话，她主动端杯进酒，自己喝一小口，却让别人连干三大杯，男同事不怎么在意，女同事们都冷眼旁观她的表演。

潘笑声说："莉莉是个有气势有能力的女人，能来我们 NR，真是屈就你了。"

陈莉莉趁机讨好，笑嘻嘻地说："总监，你要是觉得我还行，就升我做大区经理吧。"

潘笑声也笑："你岂止能做大区经理，简直可以当外交部长了，可惜啊，我不是国家总统。"

陈莉莉没有听出丝毫话外音，还笑着附和说："总监就是总监，连说话都这么幽默。"

一旁的夏雪霏却猛一激灵。

饭局结束后，陈莉莉硬是攀着和潘笑声同坐一车，而人事部经理陈东和夏雪霏坐到一个车上。大家都喝得有些激动，梅琳最先沉不住气："陈莉莉自以为有点小聪明，其实谁不讨厌她。"

另外两个男同事也开始论起她的虚伪，连司机都嗤之以鼻。陈东冷不丁说了句："其实两个月前，总监已经暗中指示我重新找人，只是一时没找到合适的。"

夏雪霏有些奇怪："我们 NR 是五百强企业，怎么可能招聘不来人才呢？"

陈东笑："正因为我们 NR 是个大公司，对招聘的要求也很严格，符合要求的大都已经有了很好的工作，也不愿意随便调动，到了咱们这里，和以前相比也没什么明显的利益增值，就是加薪也不见得能吸引来合适的人才。"

过了两天，潘笑声专程到办公室宣布：夏雪霏的基本工资上调10%。陈莉莉有些意外："为什么，目前她是新人，她的工资应该属于正常助理的薪水范围。"

潘笑声沉着地说："我们 NR 奖罚分明，夏雪霏虽然是最后一个进来的，但她的努力是有目共睹的，她所得到的和她付出的劳动是相吻合的。难道你觉得我的决定有错吗？"

陈莉莉有点不爽，但也不敢再说什么。虽然潘笑声没有指明这个决定和 BOB 的项目有关，但她不是傻子，她也看得出来。她是个聪明人，适时地闭嘴了，但脸拉得跟鞋拔子似的。

大家都觉得很解气，夏雪霏去茶水间冲咖啡的时候，梅琳也屁颠屁颠地跟过去，小声地说："雪霏，看来上头从来没有相信过陈莉莉，总监还是能明察秋毫的。"

夏雪霏心中也很高兴，但却不动声色地说："领导的决策轮不到我们非议，小心隔墙有耳。"

梅琳吐吐舌头，冲她竖了竖大拇指。

晚上，夏雪霏回去后，兴冲冲地把这件高兴的事告诉了丁戴维。丁戴维笑她没见过大场面，还不经意地告诉她说："你看着吧，过不了多久，陈莉莉就会被扫地出门了！"

夏雪霏问他："你怎么知道，难道是潘总监告诉你的？"

丁戴维大笑："我猜的，不过现在顶替她位置的人倒还真不好找，你有没有意向争取一下呢。"

夏雪霏连连摇头："我才来多久啊，随便找个人都比我资历深。"

其实她心里还是猛然一动，她是个上进的姑娘，如果真有这样的机会，当然也想争取。

丁戴维仿佛看透她的心思，若有所指地说："有志不在年少，机会来了，就别错过。"

第四章　办公室明争暗斗

1

那天，艳阳高照，龙冈区最大的代理商老莫笑吟吟地出现了。他和每个人打了招呼，径直去了陈莉莉的办公室。

这个老莫不但是龙冈区销售量最大的客户，还是一个很豪爽、大方的人，每次公司有人去送货或者收款，都会被请吃饭，还送名牌的皮包、衣服等，深得大家的喜爱。

夏雪霏觉得老莫的到来有些奇怪，因为这个老莫虽然是个代理商，但每天也需要跟几十个下面小的销售商打交道，并且他下面也有五六个员工，有事可以派人跑一趟，一般有什么业务上的商讨，大都会通过电话交涉。可见，他的到来，肯定有什么大的业务要当面和陈莉莉谈。

两个人在里面谈论了一上午，直到中午下班了，陈莉莉跟着老莫一起出来，说笑着向外走去。楼下停着老莫的奥迪车，透过落地的玻璃窗户，两个人钻进了车里，车子很快发动起来。

下午，陈莉莉来得有些晚，脸颊红红的，一看就是中午喝了酒。

然后，陈莉莉简单开了个会，她说："龙冈区的代理商老莫今天来和我商量了一单业务。他本月想多进两千台22寸显示器，但是由于临近十一黄金卖期，他资金暂时周转不了，想等半个月后再结清款项。不知道你们有什么意见。"

售后卫平提出质疑："老莫正常的月售量不过五百台，就算黄金卖期，也翻不过一倍，这次增加货量有些蹊跷，如果他低价供到北方区域，势必影响NR的价格内战。"

陈莉莉满不在乎地说："我们是做销售的，客户供货到哪里，不是我们的权限范围，另外，老莫愿意把价格多提升1%，这也不可能导致其他区域的价格内战，还能让我们多赚不少钱。"

夏雪霏冷眼旁观，她觉得这一大单生意虽然利润可观，但利润永远和风险成正比。公司限制代理商赊账金额在二十万以内，并且时间不超过一周，陈莉莉的做法显然超出了她的权限。

夏雪霏没有提出否定的意见，因为她从陈莉莉的神色已经看出，老莫中午除了请吃饭，一定还备了不菲的礼物，奠定了陈莉莉和他的私人感情。所以，她知道，自己说话也是白说，陈莉莉已经定了主意。给他们开会，也不过走个形式。

再说，如果这单业务收款顺利，会为公司带来很大利益。商业本身存在风险，不试一试怎么知道结果。

显然，大家也都明白这个道理，都没有再提出任何否定意见。陈莉莉吩咐夏雪霏准备发货单，事情就这样定了下来。

夏雪霏下班回家，丁戴维要带她去吃日本菜，她趴到沙发上说没有胃口。丁戴维好奇地问："是谁惹你连胃口都没有了？"

夏雪霏没好气地说：“白吃白拿，利用自己的私权为客户大开绿灯，这样的本事估计我一辈子都学不会。你说，NR也是国际大公司，怎么会养着这样的白眼狼？”

丁戴维大笑：“你几时也学得尖酸刻薄起来了？越是大公司，越有管理上疏忽的环节，不过，一个部门的发展，是经得起考验，这样的人，最后终会被淘汰的。”

“像陈莉莉这样左右逢源的人，在任何时候，任何人面前都游刃有余，怎么可能会被淘汰，社会什么时候都需要这样的人才。”夏雪霏懒洋洋地提及到陈莉莉。

丁戴维倒了杯咖啡递过来，煞有介事地说：“说说什么事情吧，让我为你分担一下烦恼。”

夏雪霏冷笑着：“龙冈有个叫老莫的代理商你也该认识吧，他一下子要了两千台显示器，要求欠款半月，并且还愿意把价格提高1%，我总觉得这里有猫腻。但是，陈莉莉一手遮天，她同意了，就算大家有意见也没办法。”

丁戴维把咖啡杯子放到面前，微微闭了一下眼睛，使劲吸了口气，劝说夏雪霏：“既然是这样，要是出了问题，责任也在陈莉莉身上，你何必操这个心呢。”

夏雪霏不甘心地赌气说：“你又不在NR公司，真有什么损失，又不关你事！”

丁戴维淡淡地说：“如果真有损失，是不关我的事，但关你的事，还是好事。”

夏雪霏吃惊地坐起，瞪着眼睛看他：“好事，什么好事？”

丁戴维趋上前来搂着她说："不想当元帅的士兵不是好士兵，难道你就不想做陈莉莉的位置？"

夏雪霏不说话，她陷入深思，深思丁戴维的话。

在 NR 已经有一年多的时间，在陈莉莉的万丈光辉下，夏雪霏像一只飞不起来的笨鸟，加班、见客户，像个陀螺一样，忙得转个不停。她的劳动大家都看到了，可是永远都没有成绩，月底的总结会上，被表扬的人里永远没有她，但是，被批评的似乎总是有她。

每月的最后几天，陈莉莉一上班就会在 MSN 上催她把什么和什么赶紧做完，要下班的时候，又催她把做完的传过去，第二天一早，就能听到她疲惫不堪地姗姗来迟，惺红着两眼说："真累啊，昨天晚上我又加班到两点。"天知道她昨天晚上去什么地方疯玩了，但事情被夏雪霏做完了，班却被她陈莉莉加了。

所有的成果都被陈莉莉拿去，过去还能靠辨认笔记，可现在任何东西在电脑上 Copy 一份，你能说谁抄袭谁？

偶尔，夏雪霏中午加班顾不上吃饭，陈莉莉总是能从外面带回一些盒饭，当着所有同事的面说："你要是瘦了，我会心疼的。"夏雪霏打开饭盒，里面不是只剩下骨头的肉，就是散发着浓烈酒气的青菜。

有时候，陈莉莉还会带来一些橘子苹果类的东西，放到夏雪霏桌子上说："多吃点含维生素的水果，会提高思维能力的。"她的笑意中好像在说：你的大脑是白痴，需要补充养分。

夏雪霏有苦难言，毫无反击之力。

当工作出错的时候，陈莉莉会在例会上说明，这件事情都是夏雪霏做的。还会恨铁不成钢地说："我是想让你多做点事情锻炼下，这样容易的事情，我没想到你还会出错，真是我指导不力啊。"

很多时候，夏雪霏感觉自己像只木鸡，在陈莉莉的敲打下，心灵逐渐在支离破碎。

她想：在 NR 公司深圳办，如果有陈莉莉，就难有她夏雪霏出头之日。

丁戴维意味深长地说："风险越大，诱惑就越大，像陈莉莉这样利欲熏心的人，是做不了大事的。"

然后，他摆出职业笑容说："对于陈莉莉个人来说，两千台显示器可是个大单子，她只知道老莫是你们公司大的代理商，却也不想想，他为什么不是别的公司的代理商，做生意的人，永远不会把宝押到一个地方。"

顿了一下，他接着说："老莫是你们公司的客户，也是我们贸易公司的客户。他代理着五家公司的品牌，其中有个日本的牌子，在半年前为他注入了八千万的货物，用来竞争市场，这个老莫不惜降价销售，结果质量不把关，陪得几乎要破产，现在是到处欠着债，有些公司还专门派了人蹲守在他家里。他现在到处找钱，找不到钱就找货，以货换钱，他用高出平时 1% 供货价从一些公司那赊货，转手就以低于 5%，甚至 10% 的价格卖出去，过几天不仅你们公司的价格有了内战波动，他也不可能如期还款。"

夏雪霏呆了呆，有些难以置信地问："既然这样，陈莉莉事先怎么一点都不了解？"

丁戴维说："这就是老莫的聪明之处。明明都快完了，却能装

作什么事都没有，这次是他一时失算，他做了商业大鱼之间竞争的牺牲品。照目前的架势，他到处筹措现款，大约是准备丢下乱摊子，自己走人。"

说到这里，丁戴维适时闭嘴了。他知道夏雪霏是明白人，该如何处理，不用他教。他去卧室换了件衣服，对夏雪霏说："既然你不想出去吃饭，就自己休息一会，我出去应酬一下，晚点带你去宵夜。"

他亲亲她的额头，开门离去了。

夏雪霏独自半靠在沙发上，手上的咖啡都凉了，她眼睛一动不动地看着前方，内心却发生着天翻地覆的变化。她在想：要不要立刻提醒陈莉莉，关于老莫的事情呢。

如果提醒的话，还能及时免于一场损失。发货单子还在她的办公桌上，明天一早就会有人拿着单子去送货。

可是，此后，生活会如现在这样一如既往，陈莉莉不会感恩于她的。

夏雪霏不甘心这样。

如果永远这样下去，如果永远被陈莉莉压着，她的职场前途还有什么信心可言。

陈莉莉是一颗阻挡她前进道路的钉子。

2

早晨例会上的陈莉莉依旧一副趾高气扬的样子，她轻挑着眉角，用手里的签字笔指着梅琳说："你的裙子也穿得太短了吧，我们公司向来以产品制胜，不看重公关的。"

梅琳诚惶诚恐地拉了拉短裙，小声说："我中午回去换一条。"夏雪霏能感觉到她声音里明显的委屈。这个陈莉莉，真是更年期提早，她自己长了两条又短又粗的大腿，所以不能允许别人欣赏梅琳漂亮的细腿。

陈莉莉又把头转过来，继续吊着她主管的架子说："雪霏，单子做完的话赶紧交给仓库。"

夏雪霏犹豫着，她张口，嘴巴形成了一个小小的 O 型，但是陈莉莉很不耐烦地打断说："你们这些员工，平日只晓得坐在那里充当摆设，现在我为你们争取来了大单子，还不积极点！"

夏雪霏怏怏地闭上嘴巴，她的脑子忽地冒出一句话：一将功成万骨枯。

她想，好吧，那就这样吧，你陈莉莉不死，我如何能生。就如丁戴维所说，不想做将军的士兵不是好士兵。在这个充满竞争与不公平的商场，是容不得忍让与宽容。

发货单很快被拿走，夏雪霏知道，半小时后，两千台显示器就会被送走，公司损失了近三百万。她坐在那里，手心微微出汗，她听见自己内心，有一种凛冽的风，吹过。她端起杯子，狠狠喝了一口水，才把心里的悸动压住。

心情紧张了一整天，夏雪霏不时安慰自己：一切只是开始，一个人要做大事的话，这些小节，以后将成为家常便饭。她矢志希望自己往高处爬。

晚上，丁戴维打电话告诉她说自己有应酬，可能会晚点回去，她一颗略带不安的心企图获得倾诉和安慰的愿望落空了，更加有些不爽，闷闷不乐地挂掉电话后，王嫣然的电话恰到好处地来了。她说："雪霏，你晚上没事吧，我们一起吃个饭吧，有点事找你。"

地点被王嫣然选到了一个湘菜馆，夏雪霏记得在学校的时候，自己喜欢食辣，偶尔，王嫣然会请她吃一顿，两个人都觉得那种气氛既回味又留恋。

两人分别坐下，王嫣然点了几个都是夏雪霏喜欢吃的菜，叫了两瓶啤酒。夏雪霏懒洋洋地说："平日在公司，你表姐的脸快把我们这些人的神经都绷断了，能出来惬意消遣下，真是难得的奢侈。"

王嫣然说："她这个人，在婚姻上失败，就把怨气释放到工作中，不然她怎么活下去呢？前两天我在街上看到她，两眼无光，印堂发黑，最近肯定会走霉运，她这样的人，迟早被社会淘汰。"

夏雪霏心理暗暗吃惊，她想和王嫣然说说公司的事，但转念又想，毕竟两个人在不同公司工作，私情归私情，还是不要多谈公事的好。于是便问："你不是说有事找我吗？"

王嫣然有些不好意思地笑了一下说："你也知道，我和徐高感情现在很稳定，并且，我们还计划等时机成熟了结婚。可现在有一个很重要的问题，就是他的儿子。"

她顿了顿，喝了口啤酒，接着说："他的儿子徐小天本来是个很聪明的孩子，但是父母的离异对他的高考造成了一定的影响。徐高担心孩子没有父母照顾，在沈阳复读不理想，想接过来，我也想和他儿子培养一下感情。"

夏雪霏有些吃惊："你还真想做后母？你至于吗，年轻漂亮，有工作有房子，至于去巴结这对一无所有的父子吗？"

王嫣然叹了口气，脸色有些灰暗，但立刻又恢复笑容说："这就是爱情，我觉得和徐高在一起很快乐，一切付出都值得。雪霏，你跟丁戴维在一起，有过幸福的感觉吗？其实，一个女人要求的并不多，那些冠冕堂皇的东西都是虚的，有个爱自己的男人，一个幸福的家庭，比什么都重要。"

夏雪霏愣了愣，她想想自己和丁戴维，好像并没有王嫣然所说的那样缠绵，或者是因为，大家都各有所需吧。她需要一个条件优异的男人，给自己做心理上的后盾，而他需要一个年轻漂亮的女人，心理上的需要，也更是身体上的需要，两个旗鼓相当的男女，在恰好的时间，遇上了而已，而这份感情，并没有经历过什么磨难和挫折，所以，也就没有发展出那些所谓的缠绵悱恻。

而王嫣然，她的内心充满了叛逆的渴望。那段初恋的夭折，造成了她心理上的缺失，徐高的出现，恰到好处地成全了她的愿望，让她产生了一种失而复得的感觉，让她产生了强大的拯救感。

女人，总是会认为，爱情，需要在特定的环境，才能产生。

王嫣然幽幽地说："徐高想把儿子转过来复读，但是，他现在的成绩只能去一个普通的高中，很不利于将来的考试，他让我通过父母的关系找一所重点高中，最好能去一高，那里每年升学率都非常高。"

夏雪霏点点头，淡淡地说："他倒是个好父亲！"

王嫣然听出了她言语中的不屑，也没有生气，继续说："因为

跟他在一起,我父母都很反对,我爸还说如果我不同徐高分手,就和我脱离关系。他不可能为徐高的儿子找学校。但是,我又不想让徐高知道我的为难,那样的话,他心里肯定会不安,所以,我只好求你了,你家丁戴维交际广泛,能不能找找关系,帮我一把。"

话说到这份上,夏雪霏虽然很不愿意在这些琐事上麻烦丁戴维,但还是答应了。她说:"晚上他回来,我会跟他说,不过,能不能帮上忙,我也说了不算啊。"

王嫣然立刻眉开眼笑地说:"谢谢,谢谢,只要能拉上关系,送礼花钱都不成问题。"

夏雪霏叹口气,两人闲聊一通,对物价和房价的上涨发了一些牢骚。刚吃完饭,王嫣然就接到徐高电话,问她在哪,要不要去接。夏雪霏冷眼旁观,她从心底有一种对徐高说不出的不喜欢。这过分的关切甜腻,让她更加觉得,徐高一个大男人,却把难题出给女人,她很不屑这样的男人。但看着王嫣然一副没心没肺的甜蜜,也不忍心说什么。

饭后,夏雪霏回去后,一边陷在沙发上漫无目的地按着遥控板,一边想着王嫣然的话,想着自己和丁戴维的感情。老家的父母时不时会打电话问问她的情况,提到最多的就是什么时候结婚,她感觉自己年龄也不小了,可丁戴维从来都没提过婚姻的事情。她一个女人,有此计划,却总不能先提出来吧。

丁戴维回来的时候,有些醉意,她赶紧去厨房泡了杯咖啡递上来。他喝了一口,很是心满意足地拉过她的手臂,在她脸上亲了一下,看得出,晚上的应酬,又为他的生意添了一笔收获。

趁着他高兴，夏雪霏适时地把王嫣然交代的事情提出来，丁戴维不假思索地答应了，还嬉笑着说："你交代的事情，我什么时候没有答应过。"他的话，让夏雪霏心里很是欣慰，这个男人，其实还是有很多优点，这样想来，夏雪霏对婚姻的想法，更加强烈了，她觉得，在适当的时候，有必要表示一下了。

公司一时风平浪静，每个人都有条不紊地做着自己的事情，夏雪霏甚至有些怀疑，丁戴维告诉她关于老莫的事情根本不是真的，但是，转念又想。那些表面的平静，往往是因为接下来的波涛汹涌。

丁戴维果然说到做到，仅仅过了一天，他就联系上一高的一位副校长，夏雪霏陪同着王嫣然一起，请那位李副校长吃饭。

言语寒暄中得知，这位副校长的老婆是一家外贸公司的经理，和丁戴维有一些业务上的合作。副校长长得很有福相，大约四十多岁的样子，但夏雪霏觉得，怎么看，这个人都有些色迷迷的样子。

果然，丁戴维逐一介绍后，李副校长就把眼睛盯到王嫣然的身上，没有再挪开过。握手的时候，他抓住她的手，一个劲地说："真没想到，还有王小姐这样漂亮的女孩。"足足握了一分钟。就座的时候，也选靠在王嫣然旁边。

菜上齐后，丁戴维适时拉开话题："一高是本地最好的学校，李校长的公务也很繁忙，能抽时间赏脸，真是感谢了。"

校长一脸沾沾自喜，但也听出了丁戴维话里的潜台词，挥挥手说："丁总和学校也有什么业务？有什么问题，尽管说。"

丁戴维清清嗓子笑道："李校长不但是一高最具权威的领导，更是一个爽快人，那我就直说了。王小姐的一个亲戚，从内地慕名

你们学校，想在你们学校复读。你们一高的大名全国都有名，这样的事情，除了你李校长，谁也帮不上。"

校长一听，立刻一脸严肃，伸出筷子，夹了一块螃蟹，慢悠悠伸到嘴边，大家都看着他，半晌，他没有言语。王嫣然赶紧一脸巧笑说："这样为难的事情，肯定不好办，中间有什么难处，李校长尽管吩咐。"潜台词已然很明了，校长也不是笨人，眼神更大胆地瞟向王嫣然的胸口，咧着嘴说："王小姐说话了，再难的事情，我也要赴汤蹈火了。"说着还把手从桌子下面伸过来，趁机摸了一下她的大腿。

夏雪霏一旁看着，心里很是不舒服。王嫣然的小姐脾气，岂能容忍。有一次，两人去酒吧，有个喝醉的小流氓把手搭到她肩膀，王嫣然连杯子带酒瓶一起砸到那家伙头上。但是，今天，她无视校长明目张胆的小动作，看来这个女人，为了那个徐高，真是改变了不少。

再看一旁的丁戴维，明摆是看见校长的小动作了，却把脸转一边，假装什么都没看见。真是人在江湖，越老越狐狸。夏雪霏心里有些莫名的发堵和不爽，同时也为王嫣然心酸起来。

好不容易挨到副校长酒足饭饱，临出门的时候，王嫣然塞了个红包给副校长。事后，她告诉夏雪霏，里面装了三千元钱，还让丁戴维探探副校长口风，还要什么条件。

两天后，从丁戴维处得知，副校长有收藏的癖好，看中了一家古玩店里一套清朝的实木长椅，据说标价三万八。

夏雪霏在电话里向王嫣然报告这个消息的时候，心里很是愤愤不平："这个老狐狸，如果不是忌讳 David 和他老婆认识，估计连你的人也相中了。"

王嫣然在那边很无奈地叹气说："谁让咱有事求他呢，好在只是能花钱就可以摆平的事情。"

夏雪霏明白，王嫣然自从跟父母闹了别扭后，经济上也开始紧缩了。以前父母补贴着，几千上万的套装和化妆品，眼睛都不眨一下，可是为了徐高，她开始节衣缩食，预备做一个清苦的贤妻良母。

3

不到半个月，丁戴维跟夏雪霏预测的事情终于发生了：销售商老莫卷款跑了。陈莉莉在老莫跑的当天下午就知道了，这个女人第一个反应就是瘫坐到自己的老板椅上。

陈莉莉把自己关在小办公室整整一天。她在想，如何跟总部交代，供货商从自己手里套走了几百万的产品，前提是在自己违背公司规定的情况下，就算把这个黑锅塞给哪个员工背，自己是深圳区主管，有着推卸不掉的责任，更何况这么大单的业务，哪个下属也做不了主。

好在公司的人还不知道这个结果，她还有时间给自己计划一下，寻找一条退路。

开始，她还寄希望于警方，希望能把老莫抓回，追回货款。她不停地打电话，问一些相关朋友，得到的结果是，就算老莫被抓回，他欠的债务并不止 NR 一家，就算大家各自瓜分，她能收回的不过

086

九牛一毛，更何况站在老莫的角度，自己一毛不交和交出全部，都是坐牢，他肯定会把货款转移。

　　这时，她才知道自己一早就被算计了，如果不是贪图老莫那些小恩小惠，也不至于落到如此地步。她心里痛悔不已，却知道于事无补。

　　一连三天，她什么都不做，待在自己的办公室里，她心里想了一千个一万个退路和可能，结果发现，什么都行不通。

　　看来，这次，她必须自己走人了。

　　第四天，陈莉莉一直到下午快下班的时候，才一脸憔悴地走出来。她用从来没有过的好脾气，让大家下班，留下夏雪霏。

　　同事们也感觉有些不对劲，有些人也听到一些风声，都有些诚惶诚恐，但大家都不敢问什么，夏雪霏心知肚明，但还假装一脸迷茫。这些日子来的磨炼，她的不动声色已然炉火纯青了。

　　陈莉莉一改往日的嚣张，恹恹坐到她旁边的位置上，有些牵强地笑着说："雪霏，你来公司时间不短了吧，感觉有什么不满意的地方吗？"

　　夏雪霏心想：不满意的地方多着呢，这都是你造成的。但她嘴里还谦和地说："我没什么社会经验，公司给我锻炼机会，我觉得很好。"

　　陈莉莉沉吟了一下，努力摆正了一下身体，故作镇定地说："连我都觉得有很多不满意的地方，你怎么那么谦虚，没要求呢？NR虽然是个大公司，但很多地方都不合理，你不觉得吗？"

　　夏雪霏不明白她葫芦里卖什么药，但还是谦卑地说："我没什么资历，没感觉公司有什么不合理。老板你经验多，完全有条件评价的。"

陈莉莉有些急了，干脆把话挑明了："雪霏，这段时间，你做我的助理，工作做得非常好，只是 NR 公司有很多不合理的地方限制了你的才能，并且我在这里时间长了，也想换个环境。猎头公司找到我，推荐我去北京一家同样是五百强的公司，不知道你有兴趣一起去吗？"

夏雪霏这才明白陈莉莉的用意，原来是劝她不要在这里干了。她愣了愣。陈莉莉接着说："对方承诺我过去做区域经理，你去了立刻升做市区部门主管。"

夏雪霏心里暗暗发笑，她知道陈莉莉绝对没有那么好心，因为她一走，夏雪霏可能是替代她位置的最合适人选，所以她想把夏雪霏蛊惑去北京，而后用一个莫须有的借口打发掉，这样，就算夏雪霏有怨气，也拿她无可奈何。

这真是一个狠毒的方法，夏雪霏看着这个眼角已经有明显皱纹的女人，觉得又可气，又可悲。这样的女人活该婚姻破裂。她低头拿起自己的杯子，轻轻喝了口水，假装还在思考，她真是懒得揭穿她。

陈莉莉感觉自己煽风点火的力度差不多了，就站起来，很大度地说："我连这个主管的位置都不留恋，你还死心塌地在那个助理的位置吗？我已经写好了辞职信，下个礼拜就去北京那个比 NR 规模大，管理也更合理的地方，我等你的答复。"

夏雪霏没有吭声，她心里愈发的鄙视陈莉莉。但是，多日来培

养的忍耐，让她依旧不动声色地表现着敷衍的神态。

晚上，刚回到家里，陈莉莉就打来电话试探："考虑好了跟我走吗？那边正在催呢，好机遇是不等人的啊。"

夏雪霏故意把话题支开说："其实我的经验不足，到了那边，真怕拖累你呢。"

那边陈莉莉气得直跺脚，依旧有些不甘心地说："我买了三天后的机票，如果你确定下来，补票还来得及。"

夏雪霏敷衍着说："那我考虑一下吧。"

和丁戴维说起这个事情的时候，夏雪霏掩饰不住自己的眉飞色舞。说起陈莉莉快要发青的脸。丁戴维忽然淡淡地说："知道什么是深藏不露吗，一个挑得起大梁的人，你怎么那么不定性呢？"

夏雪霏立刻不吱声了，丁戴维的言下之意，大有指责她小人得志的嚣张。她心里有些委屈，但还是赶紧趋身过来，小心翼翼地讨好着他，又是递遥控板，又是倒水。丁戴维漫不经心地接过，皱起的眉头渐渐展开。

夏雪霏发现，不知道从什么时候开始，她对丁戴维从最初的依赖，渐渐多了近乎讨好的迁就。原来经济地位真的可以造就一个人的气势，想想他的家产，如果嫁给了他，以后衣食无忧，她残存的一丝委屈也烟消云散了。

如果丁戴维说晚上有应酬，夏雪霏便什么也不能问，因为他是个做大事的男人，一切都是天经地义，理所应当。可是如果哪天他不应酬，夏雪霏除了加班，有人叫着一起吃饭或者聚会，她都不假思索地拒绝，心里只有一个念头，不能让丁戴维在家白等着她。

丁戴维坐在那里，什么都不说，眉头皱皱，夏雪霏就感觉有一种盛气凌人的气势，站在他旁边，自己会觉得低他一等。

于是，一旦他发脾气，或者对她有了指责，她立刻诚惶诚恐起来。他的提议，她只有顺从，才能与之达成亲密的状态。男女之间，一旦屈从，便成为弱势的一方。

好在很多时候，丁戴维对她还是相当满意的，不但在工作上帮助提携她，还时刻指点她一些潜在的人际关系。

4

早上，总监潘笑声神色严肃地赶了过来，他走进陈莉莉的办公室。陈莉莉一脸晦暗，像等待死刑的犯人，面临临别的钟声一样。

她不等潘笑声发话。她知道，潘笑声肯定在昨天夜晚和北京总部的副总裁胡一品通过电话详细汇报了这一事件，NR 深圳分公司的损失，并不仅仅是金钱上的价值，因为从她这几天打电话获知的结果，竞争对手 CC 公司就幸免于难，被蒙骗的品牌公司有十数家，但 NR 是最大的冤大头。

这个消息很快会上新闻，带来的负面影响可想而知，所以，她首先发话："关于销售商老莫的事件，我要负最大责任，任凭公司处置。"

潘笑声点点头说："这段时间，对于公司和你我，都是非常时期，副总裁胡一品很关注这件事情。我们和 CC 公司的竞争你是知道的，这次事件对公司的形象有很大影响。事情既然已经发生了，我们都

没有必要追究为什么会发生这样事情，而是要想好怎么样处理现在的局面。"

潘笑声的话不带火药味，但向来习惯笑里藏刀的陈莉莉还是听出来他的意思：你跟老莫之间的猫腻，我们没时间跟你计较，现在要做的是，如何处理这个局面，你怎么样才能让局面做一个终结。"

陈莉莉很明白潘笑声的用意，但她故作不明地说："我接受公司给予的任何处罚。"

潘笑声说："局面闹到这样严重，不但你，连我现在都被总部通报批评。你觉得什么方式才能让市场和公司达到最平衡的局面呢？"

陈莉莉依旧装傻："不论总部怎么样决定，我都会接受。"

潘笑声继续说："你不打算辞职吗？"

陈莉莉淡淡地摇了摇头："公司可以开除我，但我不准备辞职！"

潘笑声很惊讶："你提出辞职，公司不追究你任何责任，并且我会申请补助你三个月工资。"

陈莉莉叹口气，依旧不让："我不要任何补助，并且这次损失，连带着还有其他员工的责任，公司要罚，并不止我一个。"

她接着说："如果我辞职，我和公司签的合同中的非竞争性条款就将生效，我将不能加入与 NR 有竞争关系的公司，至少在一段时间内不行，尤其当 NR 给了我工资补偿以后。我离开这个行业就得从零开始。所以，我宁可不要任何补偿，我宁可公司把我开掉，我也不愿意在找下一个工作的时候受任何限制。"

潘笑声有些气愤。他慢慢地从皮包里拿出一沓资料，拿出两张递给陈莉莉，语气冷冷地说："如果你不辞职，公司也不准备把你开除。NR 培养一个部门主管，肯定有一定的优势，把你开除也表示了公司一开始用人不当，这样公司的面子也不好看。这些是你做主管以来，公款私用和私扣客户返点，以及和销售商老莫之间的钱物来往明细，作为本公司的员工，完全可以用法律手段起诉你。"

陈莉莉一张张翻看着，脸上的表情由吃惊变得颓然，最后，她重重坐下，长叹一声，从包里拿出一份辞职书。

一个小时候后，陈莉莉抱着自己的东西走了出来。尽管她脸上神色强装平静，但还是能看出一些失魂落魄。

陈莉莉经过夏雪霏桌子前，下意识地看看她。夏雪霏懒得和这样的人费心情和口舌，假装什么都没看见，把脸扭到一边。陈莉莉狠狠瞪了她一眼，也知道自己的煽动无效了。

潘笑声在那间办公室里坐了许久，又查看了一些资料，还打电话叫来了人事部经理。夏雪霏料定，潘笑声在为谁及吋接替陈莉莉的位置发愁。

潘笑声和人事部经理在里面谈论了一会，又叫司机去一趟陈莉莉家里，因为公司为主管配备的笔记本电脑，在当事人辞职后，是要收回的。

夏雪霏不知道，司机这一去，会给她惹来重大的祸患。

电脑很快被拿回，司机还当场开机调试了一下。第二天，人事部经理宣布夏雪霏接替陈莉莉的位置。作为部门最后一个进入公司的人，她的资历完全在很多人之下，尽管她的能力众所公知，但不服气的人大有人在。

当天晚上，丁戴维请她去旋转餐厅吃饭，两个人都很高兴。丁戴维开了一瓶红酒，微笑着祝贺她："对于女人来说，工作也是体现价值的方式，祝贺你完成了第一步！"

夏雪霏笑："一切多亏了你，认识你，真是我生命的一个转折。"

丁戴维笑了，亲昵地说："你是我的女人，我理所应当照顾你，帮助你。"

夏雪霏的目光便多了憧憬与佩服。这时，丁戴维又给她续了半杯，她想起这几天恰好是生理期，不宜多喝酒，刚想拒绝，他已经把杯子端了起来，她只得和他碰杯。

结果，两个人硬是喝完一瓶红酒。夜里，她感觉肚子翻天覆地地疼痛起来。可她趴在床上，一动不动，她怕他会责怪她说："你怎么这样的娇气！"

在他面前，她愈发没有造次的胆量。顺着他的目光，她觉得自己愈发的卑微起来。

刚坐上主管的位置，夏雪霏不得不承认，是很有压力的。首先是陈莉莉留下一些含糊不清的账目，需要重新补充，并且还要补充得恰到好处。其次，有些客户对她并不熟悉，一听说陈莉莉辞职，有些军心不稳，有的开始考虑做别家公司的电器代理。她一个个分别打过电话沟通，并一一承诺，好在她天生一副平易近人的姿态，客户大都稳定住了。

但是，一件大事立刻颠覆了她的主管初级生涯，公司有人开始议论她靠色相坐到这个位置。一早就觉得同事们对她的态度有所变化，都变得小心翼翼起来，说话的时候，大都堆起一脸假笑。她以为是因为自己刚坐到这个位置，大家不习惯。

但那天中午，她刚走进卫生间，把隔断的门拉上，就听到人事部的两个女孩走进来，其中一个说："夏雪霏不是有一些实力的吗，怎么也用色相上位，其实她要是脚踏实地做两年，也是能当上主管的。"

另一个说："能走捷径谁不啊，不然凭她的资历，怎么可能挤走老奸巨猾的陈莉莉。据说她搭上的那个法国男人，是潘总监的朋友，是圈子里有名的猎艳高手，认识的都是一些公司的公关经理。"

夏雪霏立时蒙了，她第一个反应就是冲出去质问她们，可最终还是忍住了。她等着她们慢腾腾地冲水、出门，然后，她的眼泪哗的一下子就出来了。

从卫生间出来，她立刻换上若无其事的表情。中午，她叫上梅琳一起吃饭，然后，很诚恳地拉着她的手说："梅琳，公司里，咱俩走得最近，我是什么样的人你最清楚，我也一直把你当好朋友，希望你也不要把我当外人。"

梅琳立刻明白她所指何事，立刻涨红了脸。半晌，才吞吐着说："他们说你闲话的时候，我还为你辩解了，只是司机去陈莉莉家拿电脑，在电脑上发现了有你喝醉酒被麦加贸易的丁总送回家的照片，于是大家都说你是因为攀上了丁总，才能坐到这个位置的。"

夏雪霏头一下子大了。她一直不希望别人知道她和丁戴维同居的事情，就是不想有什么非议。她仔细想了一下，心里微微发冷，看来陈莉莉早就别有用心，故意撮合她与丁戴维，反过头来，又用手机拍下照片，不定准备威胁谁。如今，被扫地出门了，还不忘给

她夏雪霏留下一刀。

获知了事情的缘由，她只好使劲劝自己：忍耐，再忍耐。

对于这个事情，唯一能做的是缄口沉默。她希望通过自己的努力，让同事们看到她的实力，她相信事实能说明一切。

年底，NR 公司中国总裁朴志永前来考察，整个南部地区的主管以上人员全部赶来参加。大约四五十人围着环形的会议桌开了一天的会。除了在一开始的时候做了下简单的自我介绍，夏雪霏就一直没再发言。会议的内容本身空洞无物，这样的会议实质是一个过场。来自 NR 公司在南部各区的负责人，轮番介绍他们各自的市场状况，再做相应的汇总，都是苍白的数字、空洞的承诺、糊弄人的故事，夹杂着各种插科打诨用的笑话。但夏雪霏也理解，这种会议是一定要开的，而且至少一个季度要开一次，要不然，整个 NR 中国分公司的管理机构就好像根本无事可做。

夏雪霏一直安静地听着，但她感觉有个人的目光一直若有若无地注意着她。最后一天晚饭的时候，他故意坐到她的旁边，这个人就是 NR 公司中国总裁朴志永，一个很干练的韩国中年男人。

朴志永微笑着和她打招呼，并一下子叫出她的名字，在夏雪霏诧异的目光中，他说："听说你会泡功夫茶，这可是个技术活！"

夏雪霏回答："略懂得皮毛而已，总裁先生也喜欢喝茶吗？"

朴志永很高兴地说："我比较喜欢中国的茶文化，中国各地的茶叶，我都会品尝一下。"

吃饭的过程，两个人闲聊了一下中国的茶文化，夏雪霏发现，总裁果然是个中国通。

晚饭结束的时候，朴志永亲切地和她握手，并说了一句意味深长的话："泡一杯上好的中国的功夫茶，需要缜密的心思和耐心，我相信你会有更大的潜力。"

夏雪霏受到了鼓舞，深吸一口气说："我会在 NR 好好锻炼自己。"

第五章　职场江湖无爱情

1

随朴志永一起前来的还有总裁助理玛莲娜，一个脸上长了几颗雀斑的美国中年女人，她专程找到夏雪霏。

玛莲娜原本是深圳区前任人事部经理，在升任前她曾在人才市场招了两个年轻的女大学生夏莲和甄娜，都是二十三岁，作为番禺和中山的小区主管。这两个区都直属夏雪霏管辖。

玛莲娜用发音并不太准确的中文说："一个多月前因为番禺和中山的市场需要，必须派两名主管过去。她们两个的资历都不深，甄娜曾经在一家服装公司做过半年的销售，夏莲完全没有工作经验，所以我为她们定了三个月的试用期，请你特别监督一下，我觉得两个女孩都很年轻漂亮，可塑性很强。当然，如果她们真的不适合NR的公司理念，你完全可以重新换人！"

夏雪霏很认真地倾听了玛莲娜关于两个女孩的分析，甄娜大学学的是计算机专业，和NR公司的招聘要求本来不是很对口，但NR的用人标准是唯才是用，主要看她工作中的表现。夏莲大学是学销售的，并且适应性很强，据说刚去中山一个月，就独自开发了五个中型客户。而甄娜除了统筹和稳定原先的市场，倒没什么特别表现。

会议结束后，总裁和各个区域的负责人相继离去，夏雪霏让梅琳把甄娜和夏莲留了下来。

两个女孩都很年轻，甄娜看着很文静，穿着规矩的职业套装，不过那个款式，夏雪霏记得一年多前正流行，不经意的，居然发现她穿的是一双白色运动鞋，虽然刷得很干净，但是还是能看出来很旧了。

看得出来，甄娜的家境并不好，并且她大约没见过什么大的世面，不然，也不会在这样世界五百强的 NR 公司穿着运动鞋上班。对于职业白领来说，她这一身显然不合时宜。

夏莲穿着一套瑞丽杂志本季推荐的白色的短裙，适时地显示出她完美的身体曲线，相比之下，夏莲当然更漂亮耀眼些。

两人进来后，夏雪霏招呼她们坐下，夏莲眼尖，一眼就看到她桌子上放的杯子空了，赶紧站起来，帮她续了杯水，并很大方地介绍自己，一旁的甄娜脸微微红了一下，有些手足无措起来。

夏雪霏微笑着说："你们两个的简历我都看了，NR 公司的企业精神和理念我相信你们都学习了，最近一个月你们的表现都不错，希望更加努力。"

客套的话说完，夏雪霏开始步入正题："深圳分公司目前主管助理的位置一直空缺，我希望从年轻的员工中选拔一个，我希望你们的试用期过后，有一个能胜任这个位置。"

两个女孩都面露喜色，夏莲更是兴奋地大声说："老板，我一定不会让你失望的。"夏雪霏把脸转向甄娜，甄娜也笑着，满怀期待地说："不管我能不能胜任，我都会发挥自己最大的能力。"

夏雪霏点头："下周，你们两个把各自的工作安排一下，过来参加一周的培训，主要是学习 NR 的产品和销售知识，同时也熟悉下公司的氛围。"

两个人都忙不迭地点头，夏雪霏很严肃地交代："公司会安排公寓给你们住，你们过来后，要和其他同事一样按时打卡，不得用座机打私人电话，另外，加班的话，公司会报销盒饭。"

甄娜点头，夏莲笑嘻嘻地说："我一定尽量不给公司找麻烦。"

真是不同性格，做事不同。说是培训，其实就是学习一些制度章程，而后让同事们带着一起见客户。甄娜性格太内秀，总是喜欢在办公室坐着看文件，要么就是整理策划，打印好的文件，把页码排好，整整齐齐放在桌子上，还专门备了小本子，把不明白的地方都标出来，再怯怯地问其他人。

夏莲就不一样，每天风风火火跟着同事搭伴出去，最喜欢找男同事聊天，在茶水间遇上了，就首先介绍自己，两分钟后，就和人熟了，半个小时后，就能让那个同事主动带上她。

开始，两个人都能按时打卡，第二天开始，夏莲下午去见客户，下班就不见回来，只打了个电话说，和同事一起参加晚上的饭局。夏雪霏心里隐隐有些不快，但又不好说什么。

甄娜每天中午都会留下来加班，顺便会帮同事带盒饭，哪个人喜欢哪种口味，她记得牢牢的，而夏莲中午几乎都不在，不是企划部就是广告部的同事，带她去应酬了。

一天晚上，夏雪霏去公寓看她们，顺便问问生活上有什么不习惯，却只看到甄娜一个人在洗衣服。

问夏莲哪儿去了，甄娜吞吐了一会说："夏莲就没在这住，她去朋友家住了。"

夏雪霏皱皱眉头，没有再说什么，她发现甄娜把公寓收拾得很干净，床头还放着两本学习方面的书，夏雪霏觉得这个女孩子除了话少，还是很不错的。

第二天早上，夏莲上班直打瞌睡，而甄娜规规矩矩看文件。夏雪霏冷眼旁观，交代她们把公司的一份报表看看，再做一份总结。她转身回自己办公室里，透过玻璃看到，甄娜拿着报表，一边看，一边做笔记，夏莲翻了翻资料，转身笑嘻嘻地去了企划部的办公室。

中午不到，夏莲拿了一份打印好的总结交给夏雪霏说："老板，我写好了。"夏雪霏大致看了看，框架很不错，只是内容很精简，有些地方过于含糊。夏雪霏知道，她肯定去请哪个同事操刀帮忙完成的。心里有些不悦，但嘴上没说什么。

再看甄娜，还在埋头查电脑上的资料。梅琳进来说："甄娜这个丫头，有些不开窍，简单的问题都不明白，讲给她听，她把头点得像个啄米鸡，笔记做了不少，一上午也没写出一个完整的总结。"

夏莲在旁边听着，脸上露出得意的笑容。

下午下班前，甄娜怯怯地走进来，交上来一份总结，整整打印了近八页。夏雪霏有些吃惊，仔细看了看，写的有些冗杂，框架还有些前后不搭，但是内容却面面俱到，分析了市场，对比着既往的

数据，看得出，她是用了心的。

夏雪霏有些惊喜，但没当面说出来，背后跟梅琳说："甄娜这丫头，活干得不错，就是脑子有些直。"

销售部有同事在一个竞标会现场急需一份材料，其他人都在忙着自己的事，夏莲也陪同广告部去了报社，只有甄娜一个人趴在桌子上眯着眼睛看电脑上的资料。谁都知道，资料和文件是死的，人是活的，看万卷书，不如走一段路，她这呆板的样子，不知道要走多长的冤枉路，夏雪霏有些恨铁不成钢。

让甄娜去送资料，她立刻满脸兴奋地站起来，夏雪霏看她那双运动鞋，忍不住说："小娜，这个竞标会有很多大公司的人参加，以后你还要发展，肯定要和他们有接触，给别人的第一印象很重要，看看夏莲，形象上一定要注意，才能在工作中有说服力，一个标准的 OL，首先要备一双优雅的高跟鞋。"

"我知道了，老板。"甄娜眼中的神采黯淡下去。夏雪霏挥挥手："你把资料送到楼下，让他们下来拿。"

2

一周的培训过去，显然，夏莲的表现很是合格，她不但能和各个部门的同事打成一片，还私下认识了几个大的客户。有一次，夏雪霏下班后又折回来拿文件，结果不经意撞见她搭人事部经理的便车。

相比较，甄娜就逊色很多，她仅仅做到夏雪霏刚来 NR 时被陈莉莉压制的状态，大致熟悉公司各项章程和相关的知识，喜欢帮别的同事做策划总结，把各个部门的信息及去年的公司动态掌握的滚瓜烂熟。开会的时候，夏雪霏提及以前一项业绩，点名让甄娜做一下陈述，她小心翼翼地把各项数据一一道来，倒让夏雪霏有些吃惊，看来，这丫头倒真是很勤快。

夏雪霏把两人叫到办公室，先是对夏莲说："你的表现非常好，证明公司没有看错人，明天开始你可以回自己的常驻点中山继续工作。"

接着对甄娜说："我相信你是有潜力的，不过鉴于这段时间的表现，你还需要再做一些锻炼。我预备让你再多留两周，NR 公司要的是一个完全合格的员工，你不能安于自己的性格，应该和同事客户多一些交流。"

甄娜低下头，半晌都不出声。夏雪霏看到她的眼圈有些发红，倒有些不忍，她想安慰她一下，想了想，还是什么都没说，挥挥手，让她们两个出去。

梅琳送总结进来的时候看到两个女孩的状态，跟夏雪霏说："其实甄娜这丫头也不错，就是话太少了，何必为难她呢！"

夏雪霏漫不经心地说："我们做销售的，就是需要多沟通，不学会说话，怎么立足！"

梅琳问："你打算怎么安排她们两个？我觉得你倒是要认真考虑一下，看人不能光看表象！"

夏雪霏笑："夏莲是很不错，她的能力做个小区主管很胜任了。甄娜就不好说，如果这个丫头能充分发挥自己，我倒是很看好，严师出高徒，我只是希望她能更上进些。"

第二天，甄娜明显比以前改观了，不光趴在那看文件，还主动

跟梅琳和卫平请教起来。夏雪霏在里面，看到梅琳被她说了句什么逗得哈哈大笑起来。

看来这丫头不是做不到，得有人点醒，才会更进步。

夏雪霏决定单独安排她去见一个客户，是一家大型商场的经销商，主要是增加下半年的供货量。该客户和夏雪霏很是熟悉，如果甄娜真的在谈话中不能面面俱到，事后也不会有什么影响。

甄娜去了一个小时后又折了回来，脸红扑扑地说："老板，那个客户不在商场，手机也关机了，我联系不到他。柜台上的员工说他们经理很忙，没空见我，你能不能帮我约一下他？"

夏雪霏淡淡地说："这是交给你的任务，作为一个员工，自己想办法也能见到客户，电话打不通，你不会守在那等吗？"

"广告部的同事答应带我去电视台，我上午必须把这个事情做完。外面温度高的很，我都快热晕了，老板，我没有时间多等啊！"

夏雪霏把脸扭到一边，继续冷冷地说："自己的事情自己做完，哪个工作不辛苦，天气热算什么困难，你要学会自己安排好时间。"

甄娜又低下头，轻轻地说："好的，老板。"

甄娜出门，夏雪霏松了口气。她怕她接着倾诉，自己会真的忍不住帮她联系了。

中午，所有人都下班了，甄娜才回来。她的脸晒得发黑，有些憔悴，白色运动鞋上沾满了灰尘。

夏雪霏看她叫了盒饭，狼吞虎咽吃完后，连休息都顾不上，开始整理下午去电视台的资料。

下午，广告部同事打来电话，说甄娜晕倒了，已经送到医院，据说是因为中暑。听到这个消息，夏雪霏有些自责，赶紧买了水果去了趟医院。

躺在病床上的甄娜脸色苍白，看到夏雪霏进来后，嘴唇动了两下，话没说出，大颗眼泪已经淌下来。夏雪霏看在眼里，心里狠狠责怪自己一番：她觉得自己真是个苛刻的老板，和以前自己痛恨的陈莉莉，有过之而无不及。

心里虽然这样想，但话到嘴边，却还是："NR 是一个锻炼人的公司，很多人都是从你这步走出来的。希望你不要气馁，休息两天接着上班吧。"

甄娜一如既往地低声回答："好的，老板。"夏雪霏见她并无大碍，就准备离开，甄娜忽然在背后开口："老板，明天我继续上班。"

夏雪霏愣了一下，她转身，微笑着向她点点头。

甄娜的成长人人看得见，经过一个多月的洗礼，她独立完成了两周的计划，并发展了三个新客户。虽然两个都是刚起步的经销商，但有一个客户，以前代理的却是 CC 公司的产品。NR 虽然很注重公平理念，主张以产品站稳市场，但是私下的还是很关注同 CC 公司的竞争。

甄娜的这一表现，让所有同事都刮目相看。但是，夏雪霏依然不动声色，她准备再过两个月，就把甄娜提升到助理的位置。

夏雪霏的计划还刚刚准备的时候，人事部经理陈东忽然找到她说："深圳分公司在南区算是最大的核心部门，主管助理的位置不能总是空缺，前任人事部经理玛莲娜不是有意从中山和番禺区新来的两个主管中选拔吗，不知道你有什么想法？"

　　夏雪霏有些吃惊，她不知道陈东到底什么意思，笑着说："你是人事部经理，这个位置应该属于你考察和安排的范围，不知道你的意下如何呢？"

　　陈东顿了一下说："夏莲很顺利通过培训，并且在中山把公司的业务做的风声水起，这个女孩善于培养同客户的感情，是个有潜力的培养对象。"

　　夏雪霏淡淡一笑，带着商量的口气说："既然这样，就让她先在中山把公司的业务做好，番禺顺带也交由她一起管理，让她每隔一周出差，两个城市轮流跑，我们公司也需要这样的人才。"

　　其实夏雪霏心里一下子明白了，看来夏莲的心思还一直放在做深圳区主管助理的位置上，这个丫头还真不简单，拉拢到人事部经理为她说好话。话既然到这份上，她也不好直接回绝。

　　陈东被看穿了心事，有些不好意思地笑笑说："夏莲和同事们相处得都很融洽，我也是想找一个更能胜任的助理为你分担一些工作。"

　　夏雪霏考虑了一会说："番禺和中山的业务量不是很烦琐，夏莲可以继续回到深圳，和甄娜一起在销售部继续跟进业务，每周可以出差两天，这两个员工作为新人，都有自己不同的优点，我想多一点时间考察她们，助理的工作，梅琳顺带着做做。"

　　陈东微笑着离开。夏莲当天下午就赶过来报到，被夏雪霏安排到销售部，和甄娜一样做开拓和发展市场的工作。

　　夏雪霏有一点点感觉，在某一个职位，所产生的压力和疲劳都是不同的，当初做陈莉莉的助理时候，尽管受气被压制，可是大的决策不需要自己拿定。现在自己坐到了行政主管的位置，才发现，很多事情需要深思远酌，一句话，一个决定，往往会招致其他同事的不满，但别人不敢表现出来，你自己也无法察觉。作为上司，她不提倡像陈莉莉那样来带领一个团体，但是，柔中带刚，既能让每个员工都开心工作，也需要员工把工作放在第一位，能与公司共进退。

她觉得，自己的大脑如同一部高速运转的计算机，每一天都要处理无数的信息和数据，稍不谨慎就可能出现失误、影响工作，招致意想不到的局面，影响她以后的前景。

下班回到家里，丁戴维往往还没回来，她把高跟鞋甩到地上，整个人陷进沙发不想起来。两个人从认识到在一起一年多了，从最初的生疏、欣赏、依赖，到现在的熟悉、迁就、屈服，并一点点衍生审美疲劳了。

丁戴维回到家里会换掉西装领带，穿上居家短裤，把脚翘到茶几上看电视，而夏雪霏早上会穿着睡衣，睡眼惺忪地跑到卫生间，镜子里的她面容疲倦，皮肤干黄，面部因为熬夜缺水展露的皱纹，越来越触目惊心。

她有些担心，自己快跨进大龄女青年的行列，而丁戴维并无意结婚。两个人在一起的时候，他不要求夏雪霏吃避孕药，但自己每次都带了安全套，无论怎么样激情四射，他都不忘记从床头的柜子里适时拿出一枚安全套。

她不想到人老色衰的时候，丁戴维倘若变了心，她不但婚姻没有，孩子也没有，成了孤家寡人。她不否认自己是个贪心的女人，既想在工作上打拼一番成绩，又想得到一个幸福的婚姻，可哪个女人没有这样的奢望，这并不为过。

她也知道像丁戴维这样优秀的男人，身边不可能没有年轻漂亮的女人。有几次，她看到他浅色衬衣上的口红印子，和身上的陌生香水味，但却忍声吞气，假装不知道。

丁戴维的应酬越来越多，两个人之间的话似乎越来越少，早上一起出门，开始的时候，丁戴维还会开车送她去公司，等她升职后，自己开上了公司配的车，丁戴维连这项任务也免了。他说自己又准备开分公司了，所以，应酬量也增加了。以前中午常常会跑到夏雪霏公司的楼下，请她出来吃饭，现在根本没有那个闲情逸致，甚至一周，很难有两个夜晚陪她在家吃饭。

只是依然对她很好，买最新的套装，托人从法国带限量版的 LV 手袋，送她名牌化妆品。两人的争吵也多起来，往往因为一些小事，话不投机，丁戴维立刻板着不屑的面孔，给她罗列一些所谓的理论，每当这个时候，夏雪霏只有适时闭嘴，而后转身去讨好他。

夏莲过来后，一些应酬上的事情，都自告奋勇地要求参加，夏雪霏本身就不是左右逢源的人，索性让她去做那些请客吃饭，和客户沟通稳定感情的事。好在夏莲长得漂亮，虽然在 NR 深圳分公司没什么头衔，但客户都很愿意跟她在一起交流。夏雪霏一时还真少了不少烦琐的事。

而甄娜属于典型的闷头苦干型，策划总结报告什么的，越写越像回事，一般把相关资料交给她后，她总是很细心地把每个要点和重要数据列举和统计出来。

3

　　工作上进入轨道后，夏雪霏开始了对自己感情婚姻的深刻思考。丁戴维不提，她决定找个机会捅破这层窗户纸。

　　两人认识的两周年纪念日，丁戴维倒也细心，提前订了玫瑰送到她的公司。自从陈莉莉走后，那些照片引起的谣言事件冷淡之后，夏雪霏依然对自己的感情生活很低调，但也渴望能同时以丁太太的身份出现在办公室。这束玫瑰让她的这个念头更加迫切了。

　　晚上，丁戴维推掉应酬，预备带夏雪霏去吃西餐，但夏雪霏建议回家吃饭，因为她已经在头一天晚上去了超级市场，准备好晚餐的用料。

　　丁戴维回来后，两个人在烛光晚餐后，进行了一场激情四射的欢爱。虚脱之后的丁戴维轻轻搂着夏雪霏，依然有些意犹未尽。

　　夏雪霏趁机不经意地说：“亲爱的，今天我妈来电话了，说我年龄不小了，她想抱外孙呢！”

　　丁戴维淡淡哦了一声，夏雪霏感觉他的胳膊一下子松了下去，并很快从她的身体下抽回去。

　　夏雪霏有些不甘心地说：“我们在一起也不短了，你没什么打算吗？”

　　丁戴维沉默了一会说：“雪霏，和你在一起我觉得很开心，也很轻松，只是我的工作太忙了，暂时没有时间分心做这些事情。”

　　夏雪霏有些生气：“难道工作比人生大事重要？”

　　丁戴维想了想说：“可以这样说吧，如果你不反对，我愿意一

直和你这样过下去，我觉得这样没什么不好，三年内我都不想谈结婚的事。"

说完后，他起身去卫生间。夏雪霏知道，他不愿意谈论这个事情了，她有些气馁地把头转到一边，忍不住流出了眼泪。她觉得自己一向很坚强，可是近来一想起婚姻和将来，都觉得很恐慌很迷茫，心情也变得矫情起来。看来，无论在工作和生活中多么叱咤风云的女人，在感情面前，依然有柔弱的一面。

和丁戴维的交谈不能获得满意的答复，夏雪霏心里越来越恐慌。特别是有天晚上，她正在客厅看电视，楼上书房里的丁戴维的手机响了，她忍不住竖起耳朵，结果丁戴维哈罗两声后，居然去了露台。她心里立刻闪出不详的预兆。

后来，丁戴维下来去卫生间洗澡，夏雪霏像做贼一样把他的手机拿出来，一翻通话记录，名字显示叫琦琦，显然是一个女人。夏雪霏冲动地想质问他，但最后还是冷静下来，她问自己：你用什么身份去指责？

冷静下来后，夏雪霏对丁戴维更加温柔和关心了，她自己下班回来后，感觉浑身已经散了架，但还是买来一些按摩推拿方面的书学习，每天晚上顶着疲劳为丁戴维放松身体。

丁戴维对此很满意，他常常夸奖夏雪霏："你真是个不错的女人！"但就是不提结婚的事情。他虽然是法籍，但在中国生活久了，和所有中国传统男人一样，喜欢柔弱无助又对他充满依赖的小女子，不喜欢强悍精明、争强好胜的女人，也不喜欢女人逼婚。夏雪霏关于婚姻的提议，让他感觉她和那些世俗女人一样，让他产生一些厌恶心理。

喜新不厌旧是很多男人的通病，夏雪霏依然能从他的手机记录里翻到一些陌生女人肉麻缠绵的短信。她想，自己该想办法捍卫自己的感情和婚姻了。

夏雪霏知道丁戴维有个女儿在巴黎上小学，他每隔一段时间就会抽时间回去看她，为了讨好丁戴维，夏雪霏常常买一些中国特色的小玩具和食品让他带回去给女儿，看得出，丁戴维很喜欢自己的孩子。他只有这一个女儿，如果自己能再生一个孩子，最好是儿子，一定能牢牢拴住他的心！

她不可能等待三年，到时候，丁戴维变卦或者爱上别的女人，她浪费的青春，无人买单，一个商业社会的女人，是无论如何不能犯这样愚蠢的错误。可是目前这种状况，她已经陷进来了，如果真的在这个时候分手，依然是浪费了两年青春，一无所有，还不如孤注一掷，说不定能赌来一个灿烂的明天。

以后的一段时间，两个人还像以前一样平静地生活着，但夏雪霏私下里却在做着怀孕的准备。她悄悄买来有关生育方面的书，根据上面的指导，首先在饮食方面进行调理，还买来蛋白质粉、钙片、叶酸，随后又悄悄把床头柜里的避孕套用针扎破。并且找在自己排卵期的时候，故意说是安全期，要求丁戴维不要用那层套子，阻隔了两个人之间的感情，丁戴维犹豫了一下，把伸向床头柜里的手又缩了回来。

一个多月后，夏雪霏如愿怀孕，而在这一段时间，她身边也发生了一些预想不到的事情。

夏莲在公司深得大家的欢心，也在一些同事的带领下，很快熟悉了公司的人脉关系。并且和公司长期合作的一个贸易公司的老总杨先生成为私交甚好的朋友。有同事看见，下班的时候，杨先生的宝马常常停在楼下接夏莲。职场需要的就是这种有魄力，能八面逢缘的人才，她这种娴熟的交际手段，连夏雪霏都在心里对她重新评估，重新考虑，自己是不是该升她做自己的助理？

但是，恰在这个时候，夏莲请假一天。梅琳八卦地溜进来向她报告："早上楼下的保安告诉我，昨天晚上下班后，夏莲被一个女人打了，衣服都抓破了。"

在梅琳劈里啪啦、添油加醋的讲解中，夏雪霏大致明白了事情的原委。原来夏莲和杨先生的交往早已超越了普通业务关系，杨先生还为她买了一套房子，这事不知怎么被杨太太知道了，专门找到公司，瞅准杨先生来接夏莲的时候，抓了个现行。一番厮打后，杨先生早就跑了，倒霉的夏莲被收拾得不轻。杨太太还警告："下次被我发现你跟我老公纠缠不清，你就别想在深圳混了！"

公司出现这样的事，作为主管，夏雪霏很不愿意看到。但是，既然已经发生了，她还是特别批准夏莲休息三天。

夏莲上班后，额头还有轻微的淤伤，同事有人开始指指点点，背后议论不已。夏雪霏看到她有些心不在焉的样子，便把她叫进来对她说："你是一个思维活跃的女孩，NR公司非常能考验一个人的能力，我希望你能在工作中向大家证明你的能力。"

夏莲有些感激地点头，她知道大家都已经了解了她出事的经过，这样的事情毕竟是不光彩的，对她竞争助理肯定会有影响。但既然夏雪霏主动找她谈话，足以说明自己还是有机会的。

梅琳依然很喜欢收集别人的私事，不过夏雪霏每次都微笑着听她说完，这个女人来 NR 时间比较长，但是一直得不到提升，就是因为她胸无城府，心里有什么话都憋不住。好在她还算比较热心的人，这样的员工，哪个公司都有。她过两天又神秘兮兮地告诉夏雪霏："那个夏莲啊，还真不简单。这边杨先生的事刚完，现在又搭上电视台的王台长，听广告部同事说，本来已经定下一个五万的广告费用，等她送到台长那里，立即变成三万，为咱们公司白白省下了两万。"

夏雪霏没说话，心里却想：夏莲这个姑娘，身在职场，却不肯用心走正道，迟早要吃大亏的。

过了几天，又听梅琳说夏莲大学的男朋友从中山赶过来了，并在海关找到一份工作，每天都会骑摩托车来接她下班。那是一个身材高壮，眼神有些蛮横的男人，夏莲每天灰头灰脸，果然收敛了不少，但工作的积极性也大打折扣了，上班懒懒散散，每天也不跟其他同事出去了，留在办公室接接电话。恰好前台接待要回老家结婚，她适时提出做一段前台的工作。

夏雪霏下班的时候，常常看见她抱着手机，一脸甜蜜地说着悄悄话，还以为是男朋友打来的，结果，梅琳又神秘兮兮地说："那个王台长帮夏莲完成这个月的销售额了，我说她怎么不出去跑单呢，原来是早有后备啊。"

关于夏莲和王台长的故事，仅仅维持了一个星期。据说王台长送了条钻石项链，两人在酒店开房的时候，被夏莲的男朋友跟踪。男朋友拿了一把水果刀，夏莲立刻反咬一口，说王台长把她灌醉了

带过来的。

王台长被踢了几脚，在夏莲男友的谩骂中被迫下跪，并保证以后不再纠缠，才作罢。

第二天晚上，夏莲下班后去逛街，便被一辆摩托车撞了。肇事者迅速逃逸，交警做了一番询问，结果也不了了之。

夏莲出车祸后，在医院住了半个月，便被男朋友接回去休养了。据说伤情不大，只是小腿骨折。梅琳和几个同事在办公室议论："肯定是王台长找人干的！"

又过了几天，夏莲一瘸一拐地回来上班的时候，前台接待已经销假了，她又不愿意做销售，申请去了企划部。但策划方面的学习不是一天一日就能完成的，她吃不了苦，同事们各忙各的，没人愿意带她。人事部经理陈东再次找到夏雪霏，为难地说："后勤缺个人，她人缘好，干脆让她去好了。"

听梅琳八卦说："夏莲快结婚了，她那个男朋友倒很忠心，一直死心塌地地守着她。"

第六章　寻找归属感

1

夏雪霏在忐忑不安中打电话把自己怀孕的事情告诉了王嫣然，电话那边一声惊呼："天哪，还说我冒失，你自己倒未婚先孕！"

两个人约到一家星巴克见面，夏雪霏把自己的苦恼和计划全盘倒出，王嫣然帮她分析："丁戴维这样的男人是非常反感女人用孩子要挟他的，你千万不能让他知道你是故意怀上的。这段时间，你要好好哄住他，坚持到孩子生下来，如果他现在不结婚，那等孩子生了，他肯定会自己要求和你结婚的。男人对女人抱着戒心，但对自己的孩子肯定是爱得不得了。"

夏雪霏依然忧心忡忡，她不知道怎么跟丁戴维开口："我前段时间刚跟他提的结婚，遭到拒绝，又忽然怀孕，他肯定会怀疑的！"

王嫣然安慰："丑媳妇迟早要见公婆，你就假装不知道，你们又不是每次在一起都采取安全措施！"

接着王嫣然开始诉她的幸福事情：徐高的儿子徐小天顺利上了一高，这个孩子很懂事，现在已经开始叫她妈妈了。虽然她觉得自

己还年轻，但对于自己爱的男人的儿子，对自己这样的称谓，还是比较受用的。

她还拿出钱包里徐小天的照片给夏雪霏看。那是一个消瘦的男孩子，长相和徐高一个模子刻的，左耳还戴了一个耳环，头发还染成了黄色，标准的不良少年，夏雪霏怎么看都觉得没有好感，不知道王嫣然怎么会变得这样不可理喻。

两个人聊了一会家常便分手了。

回去后，夏雪霏发现丁戴维破天荒地提早回来了，正在换衣服。丁戴维说："一会有个聚会，你有兴趣一起去吗？"

夏雪霏正准备回答，忽然感觉一阵恶心，赶忙跑到卫生间干呕起来，丁戴维劝她多休息，并说："晚上我回来帮你带虾仁粥。"

一想起虾仁粥，夏雪霏再次呕吐起来，这次丁戴维有些疑心了："你不会是怀孕了吧？"

夏雪霏一脸无辜地说："不可能吧，我们就一次没有带套，不会那么巧吧。"

丁戴维皱了皱眉头，说："明天我们一起去医院检查下吧！"然后就出去了，晚上回来的还算早，但是两人都没再说话。

第二天去医院，一看果然怀孕了，丁戴维便沉默了，一路上无话，夏雪霏也不敢说什么。其实心里都在打着小算盘，夏雪霏想：我只一口咬定这是一次失误，看你到底怎么说，还结婚不结。丁戴维则想：你夏雪霏又不是三岁孩子，会不知道怀孕是什么症状？莫不是在拿孩子逼我结婚？为什么女人都像强盗一样个个都想打劫男人呢？女人这种动物，实在是太麻烦了。

回到家里，丁戴维还是不说话。夏雪霏按捺不住了："亲爱的，你准备拿我和孩子怎么办？"

丁戴维眯起眼睛反问："你想怎么办？"

夏雪霏有些慌了："不管你愿不愿意结婚，我都会把孩子生下来，这是上天赐给我的礼物，我可不想做一个杀害亲生骨肉的刽子手！"

丁戴维皱皱眉头什么也没说，上楼收拾自己的东西，完了下来对夏雪霏说："这件事情太突然了，我还没有准备，我想认真考虑几天，这几天我回法国看女儿，等回来后，我们再说这个问题吧。"

第二天一早，丁戴维便坐了最早一班飞机离开了。夏雪霏不知道如何是好了。这时候，她的妊娠反应剧烈地开始了。恶心、呕吐、嗜睡。而且浑身懒洋洋的，一点力气都没有。好在公司的事务都很平稳顺利，甄娜已经能上手助理的工作了，夏雪霏便决定休息几天，嘱咐甄娜和梅琳有什么事情立刻电话联系她。

在家躺了一天，感觉实在无聊，便爬起来开始收拾房间。整理到丁戴维的书房时，忽然意外地发现：丁戴维的抽屉虚掩着忘了锁上，这在以前是绝无仅有的现象。她毫不犹豫地拉开抽屉仔细地查看起来，结果在隐蔽的夹层里发现了一份是银行的抵押书、一份申请破产的报告书。

从这些内容上看，丁戴维资金周转不了，他的公司已经在几个月前抵押给了银行，他现在几乎已经到了山穷水尽的地步。原来丁戴维表面上是个有钱人，其实已经是个徒有其表的空架子了。

夏雪霏的心一下子凉了半截儿。为了避免丁戴维觉得她别有所图，平常她从来不曾问过有关他的公司经营及财务状况，没想到，情

况已经糟糕到了如此这般地步。她原本以为自己钓到了一个高富帅，到头来却是一个破了产并背了一身债务的倒霉蛋。早知如此，为什么还要在他的身上耗费那么多的青春和心血呢？在这期间，自己不知道错过了多少金玉良缘呢。这个机会成本简直不能往细处算。再想想肚子里的孩子，夏雪霏气得差不多要吐血了。

她忽然明白丁戴维为什么从来没有令她有爱情的感觉。这是一个被女人宠惯了的男人。他只是想要她，像一个男人需要一个女人那样，需要她在床上取悦他，配合他，而他也愿意给她一些工作上的指导和帮助，如此并不损失自己什么，还能获得一种被尊崇的虚荣感，何乐不为。

他并不爱她。

这才是最重要的。

她觉得眼睛有些发潮。她想，一定有不计其数的女人因为他的金钱主动向他投怀送抱，而她在他的生活里有只是一个调剂品。而且因为她跟他在一起后，一味地妥协、迁就、讨好，甚至逼婚，已经变成了一个没有性格的人，不再自然、豁达、放松，那不是真实的她。跟他在一起，更多一些原因是因为他的身家，他的身家成为她追逐的闪光点，于是她就不再有自己的快乐。所有的行为都围绕着他，从而失去了自我。

如今，他的底细暴露出来，他不过是一个比她还穷的穷人，她终于彻底看清楚：原来，她从来没有爱过他。她一直爱的都是他那有钱人的光环，并因此屈就自己。

很多人都会爱慕王子，其实更多的是爱上王子的身份，可是，她们从来没有正视过自己不是公主。因为没有公主的身份，所以，一味的迁就，妥协，最终失去了在王子眼中最初的简单与美好。

既然如此，自己再生下这个孩子来就毫无意义了。于是，夏雪霏当即就决定：去医院流产。

当天下午，她就去医院做掉了孩子。整个过程不堪回首，好在现在医疗条件发达，用的是无痛人流，在她失去知觉的那短暂时刻，有冰冷的仪器从她的子宫里取出了那个小生命。

醒来后，她看到医疗托盘里那团血肉模糊的东西，终于忍不住落下眼泪，而后把脸转向一边，不愿再看一眼。

从医院回去后，她独自躺在床上哭了很久，然后她收拾了自己的衣物，并迅速找中介在外租了套小房子，搬了进去。

三天后，丁戴维从法国回来，径直找到她的公司。出人意料的是，还没等夏雪霏开口，他先开口了。他拿出一枚从法国买回来的婚戒，郑重其事地说："雪霏，嫁给我吧，这几天我已经想清楚了，你既然怀孕了，我应该给孩子一个幸福的家庭。"

夏雪霏愣住了。若是以前，丁戴维的求婚，会让她兴奋得流泪，但现在了解他已经是个穷人了。再想想他比自己大十岁，仔细看看，他已经不再年轻，背部已经微微发驼，还喜欢摆出一副优越的有钱人臭嘴脸，她真是越看越厌恶。她不客气地反问："你不是说等三年再结婚吗？"

丁戴维沉默了一阵子，认真地回答道：前段时间，我在广州开了两间分公司，由于前期的预算失误，超出了成本，资金周转不了，加上一批出口货物因为被查夹带国家保护动物，有走私嫌疑，我花

了很多钱，才摆平。我怕结婚后给不了你幸福，希望用三年的时间翻身，但是现在你既然怀孕了，你要是不介意，我们马上就去登记。不过有一点需要讲明的是，我的公司很可能越来越糟，以至于破产。我们结婚了，很可能你要和我一起吃苦，还要背上债务，这一点我提前说清楚。"夏雪霏冷笑一声，事到如今，她觉得，自己已经没有必要再兜圈子了。于是，她直截了当地说："这件事情我已经知道，我习惯了吃苦，但我不能自私地让孩子跟我一起吃苦，我已经做掉了孩子。"

丁戴维吃了一惊："你不打算跟我结婚？"

夏雪霏冷冷地说："是的，我们分手吧。我这几天已经想清楚了，其实我们之间矛盾很多，我们并不合适。"

丁戴维呆呆地看着她，最后收起了戒指，默默离开了。他走后，夏雪霏失控地趴在桌子上，压抑地痛哭起来，为自己身体受的伤害，也为那个还没成型的孩子，更为自己能说出如此冷漠世俗的言语。可是，她深深地明白，这个社会比她的言语还要世俗，她好不容易走到这一步，不可能为了这样一个男人，全盘尽毁！

看来嫁入豪门、依靠男人这条路已经行不通了，夏雪霏只能把全部心力和希望寄托到工作上。一连几天，她都闷闷不乐，身体上的虚弱，加上内心的情绪波动，让她感觉像大病一场。

有同事叫她一起去吃饭和 K 歌，她都没有兴趣，晚上灰溜溜地回家，唯一的兴趣是看电视。结果，那天夜晚，她居然在电视的本地新闻看到风光满面的丁戴维。那是一个招商引资的商贸会，画面音介绍：丁戴维当选本届商务会主席，同时也祝贺他名下的第八家贸易公司隆重上市。

夏雪霏一下子懵了。她仔细想了一番，终于明白，原来丁戴维根本没有所谓的经济危机和破产，他那样谨慎的人，不可能让夏雪霏看到他的私密文件，虚掩的抽屉和那些抵押书、破产申请，都是故意做给她看的，主要是考验她，到底是爱他的人，还是他的钱，结果很不幸，夏雪霏没能通过考验！

想到这里，夏雪霏觉得自己真是太冤枉了，自己差点就成了拥有三亿身价的丁太太，真是痛心疾首。

她想都没想，赶紧打电话给丁戴维："David，这几天我仔细想了，那天是我太冲动了，我觉得我们还是很有感情的，我们和好吧！"

丁戴维半天没说话，然后才淡淡地说："你已经知道我没有破产是吧，如果你不打这个电话，我心里还是对你多少有些挂念的，你这样前后反复，让我丧失了对你仅存的好感。我看以后我们还是不要联系了吧。"

夏雪霏希望做最后的挽回，但是丁戴维接下来的话，让她彻底凉了心。他说："其实我从来没打算跟你结婚，虽然你很年轻，也很漂亮，甚至有一定的事业心，看起来很独特，但是，那都是表面的，你骨子里始终是个俗气的女人。你之所以跟我 AA 制，不过是你的伪装，如今看来，更说明了你的功利。"

说完，他果断挂掉电话。真是一语中的，他彻底看穿了她。夏雪霏呆呆地瘫坐到沙发上，傻坐了很久。她觉得自己真是失态，前后的反复，真太掉架子了，还不如不打这个电话。

这一切，并没有按照她最初的计划来发展。

2

夏雪霏太不甘心这样的结果，既然已经低下身段，索性抱着最后的希望。她在他身上花费了不少心思，无论如何，他至少也要给自己一些分手补偿。

她打了两天电话都没有打通，干脆跑到原先跟丁戴维同居的别墅，结果被保安赶了出来。这件事不知道怎么被电视台的 DV 爱好者拍了下来，第二天便上了本地的电视。她狼狈不堪，像个弃妇一样的面容立时家喻户晓了。

"若是缘分尽了，即使在同一个城市，也是无法再相遇的。"她其实极不喜欢这句话的，但生活中却无时无刻不在印证着这一事实。大概真的是两个世界的人，因此再相遇也不大可能了。她心里反复默念着这句话，一万个不愿意接受它。虽彻头彻尾地痛了一番，这痛至今却未能终止，仍会在平日里时不时地涌上心头。

有些人明明才在眼前的，那样真实地存在着，只在瞬间又遥不可及了。似一阵风吹过，他便随风而去了。她只能远远地看着他，渐渐地消失于眼前这空气里。很多次，她想像着这一时刻的到来，害怕面对。

她并不是那么纯粹地爱他，她明白自己的心，可是她想要一个安稳富贵的婚姻。

她不停地告诫自己，并企图借助些长篇大论用来安慰自己，暂时忘却这现实留给她的无助，却发觉它们竟都是那样的苍白无力。

想来它们只是为得意的人而生的了，对她这处处失意的人，连它们也不愿意理睬。她忽然觉得自己像是来自远古时代，与眼前的一切格格不入，被它们远远地抛在了时代末端，任她怎么赶也还是落后了几个世纪。

有人说好事不出门，坏事传千里。这个信息社会，没有什么纸能包住火的。公司所有人都通过一些小道消息知道了她的情感纠葛。

夏雪霏一去公司，楼下的保安就转身和看门的老头窃窃私语。她还没有从痛悔和落寞的阴影里走出来，就成了众人茶余饭后嘲弄的对象。她无心工作，而且患了严重的失眠症。只要一闭上眼睛，往事就会像电影一样一幕一幕地展现在她的脑海里，想要好好地睡上一觉，就必须服用大把大把的安眠药。可是，不管是白天还是晚上，只要勉强睡着一小会儿，她就会做各种各样稀奇古怪的梦。有时候梦见自己披着婚纱做了丁戴维的新娘，有时候梦见自己成了贵夫人、阔太太。梦醒以后，那种落寞和失意就更加透心蚀骨了。

祸不单行，NR公司北京总部为了在东部市场和CC做价格竞争，所有产品在价格上做了一定的下调。南部市场本来欲乘这个下调的东风，以价格优势参与了一个房产公司的竞标会，其中最大的竞争对手依然是CC公司。总监潘笑声很看重这个项目，他在例会上指示："一定要顺利夺标，总部在这个紧要的关口，在价格上给了我们一定的下调比例，如果这个项目成功，年终会批一个绩效奖，用以去欧洲十天游。"

大家都欢呼起来，对这个项目抱着期待的心情，每个人都不敢马虎，做计划书、统筹、备案，忙碌而井然有序地等到了签约的那天。

房产公司却意外地选择了 CC，CC 的价格仅仅比 NR 低了三千元。

真是太出乎意料，夏雪霏带着甄娜和梅琳垂头丧气地回到公司。一路上，梅琳还在埋怨着："这下，所有的奖金和提成都泡汤了，欧洲也没影了！"

夏雪霏心乱如麻：这个梅琳，都什么时候了，还想着奖金和提成，还是想好回去怎么交代吧！她感觉从来没有过的疲惫，她甚至有些怀疑，是不是离了丁戴维这个主心骨，自己立刻没有了一点工作的能力？她坐在车上，大致想了想整个事件，觉得事出突然，一定是 CC 公司窃取了 NR 价格下调的详细情况。

果然，一进公司，潘笑声已经一脸怒气地等在那里："总部很看好这个项目，我连绩效奖都申请了，现在输给了 CC，怎么输的，我想很多细节我们是不是都不了解。"

夏雪霏没有说话，她已经觉得这是自己的失误了。因为这段时间和丁戴维的感情失败，导致她没时间也没精力仔细跟进这个项目。她知道自己说什么都很苍白，索性闭嘴。

潘笑声继续说："这个项目丢了，对我们南区这半年的业绩会有很大影响，总部对你和我的能力都会产生怀疑！"

夏雪霏低头："我愿意负责。"

潘笑声抬高语气："你怎么负责？作为 NR 公司的中层管理者，你的一言一行都需要谨慎。关于你个人私事，不属于我们讨论的范围，但是，人在职场，不要因为个人情绪影响工作。"

潘笑声拂袖而去，夏雪霏呆呆地摊坐在沙发上。她感觉自己太疲惫了，身心都已经凌乱不堪。她就一直那样坐着，一直到所有人都下班了。甄娜进来，关切地问她："老板，我送你回家吧！"

夏雪霏摆摆手，让她走了，好一会，她给王嫣然打了个电话，约在西餐厅见面。

王嫣然一见面就发现她的不对，问："你怎么了，我不过出差了几天，一回来，你好像脱了层皮一样。"

夏雪霏忍着眼泪，把她这段时间的情变和工作的失误倾诉一番。王嫣然叹口气安慰她："既然丁戴维已经过去，你应该重新开始。要给自己信心，你一定要振作。"

然后她苦笑一下说："我这次出差就是去天津，帮 CC 带回了一个人，原来是 NR 公司天津办的行政主管庞伟。我也是今天下午才知道，庞伟现在是 CC 公司南部总监。"

这时，夏雪霏已经明白了关于房产公司的竞标失败，肯定是这个庞伟向 CC 提供了 NR 公司的最新调控。可她已经无可奈何。她问王嫣然："我现在已经是六神无主，情场失意，工作上又失利，还让同事们期待的欧洲游泡汤了。我觉得我已经没有在 NR 的理由了，我想辞职！"

王嫣然大吃一惊："你怎么可以这样武断，没有一个人永远都是常胜将军！"

"可是，我觉得自己没有力气，没有勇气去面对身边的一切，我真不知道该怎么办？"

王嫣然点了一支烟。她平时很少抽烟，在想事情的时候，喜欢抽一口。她沉默了一会说："不如你申请去天津，那个庞伟一走，天津也需要一个资历相当的行政主管。天津没有人知道你的情感过

往，你可以重新开始。只是陌生的环境，一切都需要重新建立，你要做好吃苦的准备！"

夏雪霏眼睛一亮，王嫣然的话一下子点醒了她。她想，既然深圳待不下去了，如果辞职，还不如去天津，不管怎么说，这都是一个机会。自己经一事长一智，以后一定会振奋起来。

当天夜晚，她就写了调遣申请发到了潘笑声的邮箱。忐忑不安地等了两天，潘笑声终于给她打了电话："这次的失误责任也不全在你，天津行政主管跳槽的事情，我已经知道了。天津的市场不很稳定，我已经和东部的总监顾凌风沟通了，他那边也需要一个人，鉴于你最近的心情，你的申请，我仔细斟酌了一番，同意你去天津。你把工作跟梅琳交接一下，人事部会安排广州办的主管接替你的工作，调遣通知下周一发出，你做好准备吧。"

夏雪霏离开公司的那天，甄娜依依不舍地看着她。她已经把提升甄娜做助理的申请交到人事部，这是她走前唯一能为甄娜这个勤奋姑娘做的事情。她觉得，上天应该优待每一个努力踏实工作的人。

她在走廊里看到夏莲，穿着有些邋遢，一手提着水桶，一手拿着拖把，正在打扫楼层卫生。她叹口气，想起夏莲才来时的意气风发，鼻子有些发酸。

有时候，不识爱情真面目，只缘身在此情中。现在跳离这个漩涡，她忽然明白一个道理：对于一个女人来说，其实真正体现价值的并不是婚姻，而是工作。

临走前一天晚上，她约王嫣然出来小聚，两个人选了一家静吧喝茶。她发现王嫣然清瘦了一些，穿的紧身连衣裙更显得身材玲珑有致。算算她们平时电话联系得不少，真正见面的时间大约隔了快两个月了。

王嫣然告诉她，自己每个周末都要花费心思为徐高的儿子徐小天做饭，那个孩子跟她亲的很，还经常给她打电话。

看她一副沉浸在天伦之乐中的快乐状态，夏雪霏本来有很多告诫的醒世警言想要开口的，此时也只能闭嘴了。何况她自己还有一副烂摊子没收拾好，自己苦苦追求与经营的爱情不也竹篮打水一场空吗，有什么资格去絮叨别人呢。

倒是王嫣然告诉她一件事情："上周，王珊珊生了孩子，就是那个校花，嫁给了副省长的儿子那个。我去医院看她，你猜看见什么了？"

夏雪霏想了一下，眼前立刻闪现出一个长相酷似范冰冰的女孩。她们都是同学，不过王珊珊跟王嫣然曾经是同桌，两个人一直有联系，听说她嫁了个官二代，曾经让很多同学都羡慕不已呢。

夏雪霏说："是不是嫁的好，生了孩子后就更加的风光无限！"

王嫣然摇头，叹口气说："原来嫁得好，也不一定过得好，我还没走进病房，就听到王珊珊在哭，她婆婆还在旁边大着嗓门说她生了个女儿，还有脸哭，她老公坐在一边抽烟，连看都不看她一眼。"

王嫣然接着说："王珊珊说自从结婚后她就做了全职太太。婆家人觉得她走了狗屎运，攀上他们家，原本指望她能生个儿子，结果生了个女儿，婆家重男轻女，更不待见她了。指不定什么时候离婚呢！"

夏雪霏有些吃惊，嘴上说："谁家没有一本难念的经啊，得过且过呗！"她心里还是很感慨的，怪不得说一入豪门深似海呢，那

个叫谢玲玲的女星，嫁入豪门后，一直过得不遂心如意，儿子都成年了，还是主动要求离婚了。也许跟丁戴维分手，对于自己的人生也是另一种解脱呢。她只能这样安慰自己。

王嫣然似乎看穿了她的心思一样，拍拍她的肩膀说："雪霏，塞翁失马焉知非福，也许在天津你能遇到自己的真命天子呢！"

她只能苦笑一番，心里感激她的体谅与关心。然后撇开话题，跟她聊工作上的事情："还真有些忐忑呢，毕竟天津人生地不熟，也许比深圳更难生存！"

王嫣然不以为然，她撇撇嘴说："有才走天下，你属于那种比较勤奋吃苦的人，到哪里都能吃得开的，我相信你！"

两人分手的时候，王嫣然送她一句忠告："女人，什么时候都要明白自己想要的是什么，并为之而奋斗。不管结果如何，都是值得的。"

夏雪霏点头，王嫣然劝慰别人很有一套，轮到她自己，面对那个徐高的时候，却也是执迷不悟。

她如今越发的茫然不知所措了，只这一两天功夫竟发觉自己挣扎在了生活的边缘，惶恐不安。仿佛她随时都会窒息，她所剩的些许生气也将被这现实吞噬。好生残酷！她想自己于这现实是不太相符的，她没有了昂扬的斗志，没有了积极向上的精神面貌，没有足矣用来维持生计的任何长处。她将被这世界淘汰了，被这现实重重地挤出门外，而身边的大门也都是紧闭的。她无处觅得打开这大门的钥匙，只等着子虚乌有的上帝将她召了去，她也将是虚无缥缈的了。

冥冥之中，她感觉，天津或许隐居着一位能拯救她的上帝，那里是她目前唯一的出路。

　　第二天，她就飞往天津，飞机穿梭在白云中，她不知陌生的城市会有什么等待着她。也许此刻，她只是想逃开一场失去的爱情，逃开混乱的心情……

3

　　恋爱是艰苦的，不能期待它像美梦一样出来。

　　欢乐的回忆已不再是欢乐，

　　而哀愁的回忆却还是哀愁。

　　心儿累了，要舒缓，

　　爱情也需要歇息。

——拜　伦

　　到达天津是下午，助理米莉从机场把夏雪霏接回公司给她安排的住处，一套一室一厅的小公寓，离公司步行大约不超过十分钟。大公司往往都是这样，既要表现得非常人性化，还懂得合理节约资源，员工住得离公司近了，更有利于早到和加班。

　　在天津办，她有三个上司。行政经理劳拉，东部销售总监顾凌风，副总裁安承言。来之前，她就已经知道天津的市场非常的复杂，

　　尽管前台接待李琦笑容很灿烂，她的助理米莉是三个月前才招聘过来的大学毕业生，一副懵懂而清澈的面孔，她还是感觉到一种压抑的气氛。

　　她目前的职位是天津办代主管。加上个代字，有种试用的感觉。

她明白，既然选择这里，一定要拿掉这个"代"字。她的骨子里对工作，天生有一种不服输的韧劲。

天津办是公司当初最早开拓发展的城市之一，分管财务的副总裁安承言一直常驻此地。他是韩国人，但是中国话讲得非常好，这跟他在中国居住了十几年有很大关系。他的老婆和儿子也跟着一起，公司为他在五大道风情区买了一个小洋楼，那地方是以前的租界，很是繁华。

东部总监顾凌风也常驻此地，公司为他提供的住房也在五大道附近，不过是租的。顾凌风32岁，老家在苏州，是夏雪霏的直接上司。

那天下午，由于夏雪霏的到来，安承言特别开了一个会，先是介绍了一番各位同事，并对她表示欢迎。

当时夏雪霏穿的是一套深色的职业套裙，她的长发挽起，妆容也很得体，只是她情绪不好，加上疲劳乏力。

当介绍到顾凌风的时候，她愣了一下，这不是那个上次来天津时和她发生一夜情的人吗，她脸部的轻微表情并未引起其他人的注意。

顾凌风穿休闲西装，目光冷淡，表情依旧冷峻，他跟她握手，眼神挑了一下，有一丝傲慢。他没有提电梯的事，好像之前根本没有见过似的，她也不点破。

她心里在瞬间有了天翻地覆的变化，像东海深渊中的万顷泥沙同时翻滚，可表面强烈抑制着，不敢有轻微的变化。

在做完欢迎辞后，安承言便对顾凌风说："顾总监，目前你的任务是让你的主管熟悉市场。之前的失误已经无法弥补了，希望本月的业绩你们能顺利完成。"

顾凌风的脸色微微一变，夏雪霏立刻感觉到有些异样的气氛，直觉告诉她，安承言和顾凌风不合。公司愈大，这样的事情愈是避免不了。

果然，私下米莉告诉她：顾凌风是分管人事与销售的副总裁胡一品一手提拔的，而安与胡一直不合，自然对顾凌风也不待见。而安承言是个典型的大男人主义，一向看不起女人，他经常打发公司里的一些女下属去为他处理私事。用他的话说：女人当不了大将，就应该听从指挥。

行政经理劳拉出国考察了，但是米莉口无遮拦地说："考什么察，靠着安总就行了，她不过是去旅游带购物的。"三十五岁的美国女人劳拉，身材高大妖娆，她是安承言的情人，在天津是众所周知的秘密了。

劳拉的很多工作都是她的助理朱珠独当一面。朱珠在劳拉的前任时已经是助理，稳重扎实，却一直得不到升迁。

夏雪霏接手的第一单业务原本很简单，是一栋叫溱东财富中心的小型大厦所有的电器配置。跟对方分管经理已经谈好，只等对方总部负责人前来最后确定，其实也不过在一起吃顿饭，互相了解融洽气氛。

相关资料是朱珠交给她的，朱珠一副柔弱的身板，短发，戴眼镜，文文静静，不卑不亢，夏雪霏第一眼看到她，觉得她是个可塑性很强的人才，并不像外表那样简单。

原本夏雪霏要前往机场去接对方负责人，刚出门，司机老李就

接到安承言的电话，要求他去接在塘沽区参加考试的儿子。司机迟疑着把脸转向夏雪霏，她把电话接过来说："安总，我们现在正准备去机场接人……"

话没说完，安承言毫不客气地说："目前我还是东区最大的头，这点小事还需要我重复一遍吗！"然后就挂断了。

夏雪霏不想得罪人，老李也小声地请求："老板，我们还是先接下安总的儿子吧，得罪他谁都不好过！"

同行的米莉不高兴地撅着嘴说："安总一直就这样，销售部的车跟他家的使唤丫头一样，随叫随到。有什么办法，没有人可以越级打小报告，又不是大事！"

夏雪霏只好让司机先绕道去接了安承言的儿子。那个十几岁的小伙子也说一口流利的汉语，上车就说累死了，要求回家睡觉。中间那小子打了个电话，依稀听见他母亲在电话里说："让司机慢点，注意安全！"

等送完小安，再拐回机场接人，早就没有人影了，再打电话也不通，夏雪霏的肺都气炸了，她有种不好的预感，却也是无可奈何。那天夜晚，她躺在宿舍里，真是彻夜难眠，又气又急，晚饭都没有吃。第一单业务就砸了，以后该怎么立足，直到天亮才昏昏沉沉睡了会。

第二天一上班，顾凌风就到她办公室，阴沉着脸说："溱东财富中心已经另外选择了品牌。你第一单业务就出师不利，我以为对于你来讲不过是个小 case，没想到我还是高估你了！"

夏雪霏心里一阵发凉，只得站起来硬着头皮说："对不起。"她不能说因为接安承言的儿子耽误了正事，那样更会被顾凌风认为在找借口推卸责任，满怀的委屈只能吞到肚子里，加上早上也没顾上吃饭，胃里的酸水更多了。

顾凌风劈里啪啦说了一堆，都是恨铁不成钢的指责。夏雪霏站在那，如同置身枪林弹雨，手脚发凉，大脑眩晕，后来她听不清他说了什么，她眼睛一闭，扑通晕倒在座位上。隐约听到顾凌风惊叫一声："你怎么了？"后来她什么都不知道了。

醒来的时候在病房，手上扎着吊瓶，顾凌风站在旁边，神情有些不自然，讪讪地说："医生说你身体有些虚脱，没什么大碍，补点葡萄糖和氨基酸休息一下就可以回去了。"

夏雪霏发现其实这个男人也很亲切。她笑笑说："真是麻烦你送我来医院！"

顾凌风不好意思地用手理理头发说："刚来的时候，老李已经跟我说了，不是你的错，是安承言这个老家伙的责任。"

"不过话说回来，"他的话锋一转，但是语气还算很平和，"以后再遇见这样的事，直接回绝他。"

夏雪霏点头，心里却在苦笑。她知道自己目前的分量还不足以跟安总硬碰。其实她也明白，谁的工作能一帆风顺，就当在安承言手下做事，是自己接受挑战的一部分吧。

顾凌风这才轻声说："没有特别的要紧工作，不需要在公司加班到半夜。你刚来天津，慢慢就会熟悉天津的市场的。"

她感激地笑了下，这个笑鼓励了他。他忽然走上前来，轻轻抓住她的另一只手说："别说你不记得我！"

她一惊，作势想要甩脱，他抓得更紧了："你知道我为什么会

在 NR 公司的天津办常驻吗？我想，我的原因没有人会相信，因为这个理由非常的可笑，甚至，愚笨。"

他抬头，盯着她的眼睛说："因为你，因为当初你悄悄离开后，我在酒店的前台查到你用 NR 公司的名义入住的，茫茫人海，我无从找寻，只好守株待兔，进入 NR 公司。我相信，我终有一天会再次遇到你。"

她忽然觉得很窘迫，不知该如何作答，他却步步紧逼："我们的再次相遇，并没有我一直以来想像的情节出现。没有歇斯底里的震惊，没有怒视和争吵，甚至没有多余的语言。难道那一夜，你真的对我没有任何的感觉，千里迢迢我为何而来？我在脑海里排练了几万次的告白，在看到你的那一刻，忽然什么都想不起来了。你却什么都没有对我说，好像不曾有过任何的交集，我无力多想。在你面前我失去所有感官上的知觉。我一直在看着你的眼，关注着寻找着那一丝关注我的感觉，哪怕是幻觉。可我发现，没有，夏雪霏，或者，是陆佳，你到底是个什么样的人？"

沉默，相对无言，夏雪霏无力抬头看他。他的眼光坚定而犀利，她几乎崩溃了，他冷冷的垂眼，竟然让她发现了从未有过的生动与惊艳。

她也呆呆看着他，不相信这些话从他的嘴里说出来，他是那样一个看似骄傲孤冷的男人。她哆嗦了一下，手不受控制地颤抖起来，大脑发热，浑身发软。她借势说："我好累，不想谈论这些问题！"

她拉起被子把自己蒙了起来。

他只好离开，很用力很大步地走了，以为不回头就不会再有记忆残留，以为迈开大步就一定能把想念丢到后头。她躲在被子里，心里却莫名其妙不舍得他走！迈出的脚步明显地远了，心想狂奔，却无力了。眼泪不知不觉流了出来！

他的一席话，一段告白，让她的思绪变得不由自主，情不自禁。她害怕这样的情不自禁，她害怕情不自禁后带来的失眠，失眠后无力抗拒的痛楚。

她选择把自己封闭起来。不去看，不去听，不去想。她尽量不去想那一夜的片段。那些存在的过往，她在拼了命地去忘记。她不想永远活在回忆里。一夜之情，真的很恐怖，会吞噬了现在。也许，任由它发展会蒙蔽了未来。

她不明白，明明可以假装什么都没有发生，两个人从来不曾认识，为何偏偏又要揭开那层面纱呢？那一夜的感情，让她感觉特别的别扭，那又何必在一起。她害怕"半真半假"的感情，也许一半的真，是彼此身体的欢愉，一半的假，是这个人都会罩在彼此脸上的面具。

第二天，她再看到他，两人都没有提昨天的事情，好像一切不曾发生。

他是她的直接领导，两人谈起工作。他跟她分析目前天津的市场，竞争很大，但是不管怎么说 NR 属于比较有实力的大公司，目前最大的竞争对手依然是 CC 公司。

前一任行政主管庞伟就是因为跟安承言有冲突，之后矛盾越来越深而被辞退的。这个事件本身没什么有力证据，加上庞伟已经去了 CC，顾凌风只能私下邮件告知了胡一品。只是胡一品是个中国人，相对来讲，大老板朴永志更信任安承言，因为他们都是韩国人。

　　而安承言曾经是公司最初发展时的得力干将，如今公司的业绩遍布全球八十多个国家，他恃宠而骄。顾凌风说："有些话，我不应该多说，你自己在以后的历练中慢慢领悟。总之对于一个企业来说，水至清则无鱼，水如果被搅得太混了，自然就会超越大老板最终的底限。责任需要有人承担，自然也会追溯到源头。"

　　夏雪霏问："既然大老板如此信任他，怎么会轻易相信别人，外企有外企的先进与优越，也有它的弊端。"

　　顾凌风淡淡一笑："既然能跻身世界五百强，大老板自然不是那种庸庸之辈，哪个公司没几个大蛀虫，迟早会被解决的，只是时间问题。"

　　大公司财务上的空子比较多，随之带来的灰色利益也会很多。安承言和一些媒体广告部门的人走得很近，私下交往也频繁，肯定早就有人给大老板打了小报告，只是暂时还没有太过的事情暴露。对于大老板朴永志来说，他肯定会在下属间平衡好关系，掌握权力和使用权力，并发挥到极致。

　　职场的竞争大都在暗里进行，如果大老板平衡得好，不仅仅能让下属互相牵制，还能助长公司的进一步发展，更重要的也能避免资源流失。

　　点滴打完之后，夏雪霏觉得好多了，只是浑身无力，顾凌风便开车送她回去。他开的是一辆奥迪，公司配备的，但是有明显改装的痕迹。顾凌风说："雪霏，你初来乍到，要是没什么好消遣，周末休息的时候，可以跟我一起去参加车友会的郊游。"

　　对于他的好心，夏雪霏只能说谢谢。其实她心里想，生者多劳，既然刚来，就得趁着周末别人休息的时候，多加班熟悉市场行情。

夏雪霏的资历比米莉她们不过多了项住房补助，或者住公司配备的公寓宿舍。顾凌风把她送回宿舍后，又去对面的街道给她买了一些零食。这时再看他，觉得没一点上司的威严，倒像个邻家大哥。跟这样的人同事，也算好事一件吧。

其实夏雪霏自己心里很明白，饥饿导致的虚脱只是她晕倒的一小部分原因，真正原因是她流产后身体一直没复原，加上心情郁结，但是这些当然不能让任何人知道，她还是得硬撑着不能休息。

第七章　女人最大的渴求

1

天津办的人事关系很复杂。

安承言分管财务，和分管人事与销售的另外一个副总裁胡一品一直呈明争暗斗之势，这在公司高层，并不属秘密了。而常驻天津办的东部市场总监顾凌风，却是胡一品一手提拔的，自然不受安承言的待见。

八楼主要是行政部，安承言的办公室在楼梯拐角处。他经常出差，一般每月月末一定会回来。顾凌风大部分时间都在，他、劳拉和夏雪霏有各自独立的办公室，中间一个比较大的办公室分为格子间，助理秘书文员都在其中。

七楼是销售部和仓库。销售部有三个组长，每组各有几个业务员。

劳拉主要管行政和财务，闲时无事，忙时就是常常出差，去总部开会。

夏雪霏管销售。她在刚来的前三天就把天津三年的市场报告和销售业绩全部看完了，她发现前任主管庞伟真是一个很有能力的人，几乎每月的业绩都会递增，而自己如果想要做好这个位置，可不是一件容易的事。

在庞伟离职和自己接手这段期间，销售额很低，有几家卖场销量非常差。她在下班后，专程去看了一下，刚走进一家卖场的电器区，就有 CC 公司的促销热情招呼她，而 NR 的品牌区被安排在最偏僻的位置，几乎无人问津。

其余几个卖场有的位置固然不错，但无一例外，都无促销，场面很冷淡。

米莉跟她报告说："因为庞伟的离开，很多业务员跟他一起离开了，而促销都是他们自己安排的，自然都散了。"

夏雪霏看了看她说："米莉，其实作为助理，你完全能够安排新的促销和重新制定新的市场计划。"

米莉脸微微红了一下："这个需要做新的报告，我是新人，向来都是听命领导，不敢自作主张。"

夏雪霏当天做好新的市场计划，给销售部组长开会，暂时安定好市场大局。

几天后，传说中的劳拉出差回来了。果然是典型的西方美女，高大性感，性格也很爽朗，一点都不像那种小三。她给每个同事都带了小礼物，大家拆开来看，顾凌风是一包地道的巴西咖啡，两个男同事张凯和郑成功各自一枚打火机，米莉是一顶牛仔帽子，李琦是一个钱包。朱珠是一个手链。

大家都跟她道谢，李琦还惊呼一声："这可是杂志上推荐的限量版的呢，劳拉你真了不起，让你破费了。"

　　劳拉微笑："琦，这个是 A 版的，希望你能同样喜欢。"她的中国话不是很标准，听起来却有种独特的味道，大约是她给人的感觉很轻松吧。

　　劳拉敲门进来，伸手跟夏雪霏说："你好，我是劳拉，很高兴我们能在一起工作。"夏雪霏跟她握了握手，她便从随身带的一个挎包里掏出一个很精致的小盒子说："这是我给自己买的耳钉，希望你喜欢。"

　　她没给夏雪霏预备礼物，但是却送了买给自己的。夏雪霏推辞不过，只好收下，心里不由对她产生好感。

　　劳拉扭着屁股去了一趟安承言的办公室，许久才笑吟吟的出来。大家看她的目光，有羡慕，有不屑，也有冷漠。米莉跟她说，其实劳拉在公关上是个非常不错的人才，美国名牌大学毕业，完全有实力。

　　她在美国有未婚夫，两人分隔两地，感情难免空虚。年近五十的安承言并不是她最好的选择，如果她愿意，有很多男人对她趋之若鹜。当然，能有个有权力的情人为自己大开绿灯，也是很多人需要的。

　　之后短短一周，天津的市场有所好转，连顾凌风都到夏雪霏的办公室鼓励她："安总一向不看好女人的商业能力，我相信过不了多久，会对你刮目相看。"

　　夏雪霏嘴角轻动，未见切实成绩，她不敢提前居功。顾凌风提议："中午一起吃饭吧，总是盒饭也没什么营养，你都快瘦成排骨了。"

　　夏雪霏想了想，还是客气拒绝了："手头几个报表要做，我想尽快适应这个位置。"顾凌风不强求，脸色露出赞许的神色。

　　米莉虽然很青涩，做事有些畏首畏尾，不过还算勤快，小心谨慎，夏雪霏对她不算很满意，但也没什么好挑剔。她自己也是从助理过来的，知道如果有上进心，胆大，升迁会很快，但也可能会一着不慎，被公司扫地出门。如果中规中矩，倒也会是一个明哲保身的方式。

　　前台李琦最大的嗜好是煲电话粥和上网聊天。据说她是本地某个要人的亲戚，除了安承言，她无视任何人异样的目光，当然，大家也拿她没有办法，谁也不愿意多管闲事，前台接待本身就不是什么技术活，也没什么过多的要求。

　　李琦还很八卦，似乎所有的公司都应该存在一两个八卦的女人。夏雪霏看她履历，已经二十九岁了，看她的衣着打扮和装嫩表情，还以为刚刚大学毕业呢。

　　顾凌风是个不婚主义者，他以前谈过很多次恋爱，最近一次是跟一个模特，两人在一起大约半年时光，分手后，对方迅速嫁了个有钱的老头。

　　顾凌风没有父亲，大约是早亡了，他母亲寡居在杭州老家，他过段时间就会抽空去看望老人家，是个孝子，这是李琦八卦出来的。她还说："顾总监年轻帅气，又肯为女孩一掷千金，非常招人喜欢的。"

　　夏雪霏笑，心想：每个人都有自己对爱情婚姻的衡量标准，选择自然就不同。比如自己渴求一位高富帅，是期望在相貌经济上都能够非常完美的男人，当然这样的男人有很多，却是可遇不可求的。每个女人对于选择爱情的标准，最初要求都是非常苛刻的，而顾凌风的前女友一开始大约也是这样想的吧，只是顾凌风并不能满足她全部的幻想，只好退而求其次。

这个社会的女人，特别是职场女人，对爱情和男人的要求都是非常高的。她们最终的目的是想找一个有着坚实经济后盾的依靠。

想起那一夜，若不曾遇见，也许不会心痛。但假若真的不曾遇见，心里会不会有遗憾？所以，当事情已经发生时，不要想着如果不曾遇见心境便能安好。你要知道，假若你不在意这场遇见，你怎么会为之而伤呢？

顾凌风跟很多人不一样，休息的时候喜欢运动，喜欢参加车友会的活动，对下属没有一点架子，对自己也很关心，每次看到她都会微微一笑。

想起他的笑，她觉得心里动了一下，不过很快就消散了。他不是她渴求的那种人，她现在最需要面对的是怎么样做好自己的工作。

一个多月过去了，在夏雪霏的跟进下，市场销售基本稳定了，还拿下几单小的业务，其中有一单还是跟 CC 竞争来的。月底总结会上，安承言也参加了，他刚从济南出差回来，对夏雪霏的成绩倒没任何评价，只是象征性地给予了几句鼓励，让大家再接再厉，下月的业绩要有所突破。

销售部的组长要求夏雪霏请客吃饭，这是以前的主管庞伟遗留的习惯，每个月末总结完后，所有销售部的组长和业务员，大家在一起吃吃喝喝，联络下感情，这样也有利于工作的开展，她自然很爽快地同意了。

除了整个销售部，顾凌风也主动要求参加了。

米莉小声说："以前庞伟邀请他，他都不参加的，说自己去了，怕大家放不开。"夏雪霏再看他，觉得他看自己的目光有些不一样，不像是同事，而是一种男人的目光。

开始吃饭的时候，开始大家确实有些放不开，顾凌风主动与同事碰杯，气氛慢慢融和下来，一会便觥筹交错，嘈杂连天，大家都来敬酒。夏雪霏喝了三杯白酒，头昏昏沉沉起来，顾凌风看在眼里，再有人敬酒，他就站起来跟对方碰杯。

米莉拍了拍夏雪霏手臂说："老板，有人当护花使者呢！"夏雪霏假装没听到，心里却很感激。她的身体一直很不好，最近还有点咳嗽，如果再喝多了，明天还能不能正常上班就不知道了。

第二天上班，夏雪霏倒没什么，顾凌风来得有些晚了。她进去跟他做报告的时候，听他说话的时候鼻音有些重，她问："总监，你不会是生病了吧！"他挥挥手说："没事，可能有点小感冒，你接着说吧。"

简单汇报完工作，夏雪霏觉得非常不自在，一定是顾凌风昨天替自己挡酒喝多了。她想了想，记得以前听说过维C能治疗感冒，恰好自己最近总是咳嗽，抽屉里备有一盒蜂蜜柚子茶，柚子就是富含维C的。

她泡了一杯蜂蜜柚子茶，走到顾凌风的门口，抬起手，又迟疑了一会，她不想跟上司有过分的走近，不然既有巴结之嫌。男女之间，还会有些其他的纠缠不清。

最后，她想了半天，人在职场，身不由己，有时候适当的暧昧还是有利于培养办公室感情的。她敲门走了进去。

她不知道，顾凌风透过办公室半开的窗户，已经看见她在茶水间泡水，而后走过来。半天都不见她进门，他一直看着门口，知道

她在迟疑要不要进来，直到她敲门，他的嘴角露出微笑。

夏雪霏把茶水端给他："总监，如果不舒服，你就回去休息吧，有什么事情我会电话通知你。"顾凌风摇摇头，意味深长地看着她，她赶紧逃也似的说了声："那我先出去了！"赶紧离开了。

顾凌风看着她的背影，觉得自己有些喜欢这个女孩了。

顾凌风的家庭情况跟很多人都不一样，自小他对爱情就抱着一种很怀疑的态度。在法国留学之前，他谈过一个女朋友，是他的同学。在法国三年，他都为之牵挂，并且让他的一个好朋友帮忙照顾。后来因为地域的原因，两人有了争执，就在他回国的前一个月，那个女孩选择了他的好朋友，之后，因为家庭造成的阴影，他对感情变得随便起来。他经常会和漂亮的女孩子恋爱，却不愿意轻易给出承诺。

一个很偶然的聚会中，他认识了一个模特，并且为她的美丽而倾倒。两人交往了半年，女孩子彻底陷了进去，每天都要追问他爱不爱，有多爱，爱多久，让他感觉非常的压抑。他渐渐疏远她，认识了一个大学生，结果被女模特发现，其实他是故意让她撞见的。后来那个模特在悲愤之余，一气之下嫁给了别人，他还真没有伤心，还很大方地出席了她的婚礼。

在那个模特结婚后，他立刻跟女学生提出了分手。他跟她还没有发展到更深入的境地，不过是利用她气走女模特而已，尽管如此，他还是帮她预交了下两年的学费。

除了车友郊游，他还喜欢跑步、打篮球、唱歌、打高尔夫。有一次，电视台举办一个选秀活动，他在几个朋友的怂恿下抱着玩玩的心态参加了。他唱了一首外国的乡村民歌，居然进入了五十强，接着又进入了十强。当时有人还给他打电话，说如果他愿意选择做明星艺人，他会尽全力把他捧红。那个人一直都很关注他的一切行为，关心他照顾他，但是他却不愿意领情。

最后是他自己放弃的，他觉得作为一个男人，事业更适合自己，唱歌只能是个业余爱好，跟朋友一起去钱柜K歌也很开心。

夏雪霏最初来的时候，他对她印象并不好。他始终觉得做市场的人，不管男女，应该保持一种活力，这不仅仅是对自己的要求，也能让客户从感官上获得共鸣，才更有利于工作的开展。而夏雪霏一副无精打采的面容，他觉得这个女孩徒有虚名。因为之前他听潘笑生介绍过她，说很有一股冲劲，比较优秀。还有，他对感情生活分理不清的女性有一种与生俱来的反感，他也听说了夏雪霏是因为感情受创而换环境的。

不过之后一段时间的相处，他明显感觉到这个女孩很有责任心，坚强，有一股韧劲。她没有娇小姐的样子，也不像劳拉那样大大咧咧，很多时候，心思缜密，做事前后考虑周到，他欣赏这样的人。

2

那天下午下班前，顾凌风接到一个电话，那个人先是责怪他不回去看望自己，后来语气又变得很软，甚至有些可怜。他说："我年纪大了，很多事情都力不从心，希望能有个依靠，你还是要好好考虑一下，回到北京来发展吧。"

　　顾凌风心不在焉地敷衍了几句。如果那个人一直很强硬，他倒是可以理直气壮地拒绝，但是他显然是在恳求他，他反倒有些心酸了。毕竟血浓于水，有些事实是抹杀不了的。

　　晚上跟几个客户吃饭，恰好在出门的时候遇见夏雪霏了，便叫上她一起去。

　　有两个客户跟顾凌风还能算是哥们，热火朝天地谈论起房子、经济、股票，夏雪霏插不上嘴，也没兴趣，有人敬酒，就随意抿一口。顾凌风喝了不少，夏雪霏想提醒他一下，又觉得不妥，好在很快结束了。

　　只是有两个人好像还没尽兴，又提议去唱歌。顾凌风拍着夏雪霏肩膀说："去吧，一起去，吃完饭就应该活动一下。"

　　夏雪霏只好跟着一起去了，那是一个叫天涯海角的高档俱乐部，进去包厢后才发现，还有别的人已经到了，大约是别的客户的朋友。

　　声音很喧嚣，顾凌风的情绪好像有点激动。他一边喝啤酒，一边唱歌，唱了两首歌，掌声一片，大家都觉得他的声音好听。在摇曳暧昧的灯光下，忽然感觉他的脸是如此的英俊与温柔。他的笑也是如此的性感。

　　后来有人放了慢曲，三三两两的人起身跳舞，气氛看起来非常的融洽。夏雪霏在这样的气氛里感觉非常的放松，她的情绪也被调动了起来。

　　顾凌风伸手把她拉了起来，自如地带着她跳舞，她有一瞬间的不知所以，但很快在他的笑容中慢慢放松，找到节奏。她抬头，有些看不清他的表情，只能被他牵着手，缓缓地舞动着……

　　舞曲结束后，大家又开始喝酒，她看着他大口喝酒时微微发皱的眉头，忽然又觉得非常的陌生。这个男人好像满腹心事，却又强装开心。喝酒仿佛是他发泄的一个渠道。

　　夏雪霏走出去找服务员要了一杯白开水，放到他面前，他冲她笑笑，但是并没有端起来，而是继续喝啤酒。

　　夏雪霏坐着难受，熬到大约两点了，才有人陆陆续续离开。顾凌风喝得脸色发青，两人一起出门，夏雪霏忍不住说了一句："你跟谁拼命呀，喝成这样！"

　　话没说完，顾凌风哇的一声吐了出来。他蹲到路边，极度痛苦地捂着肚子，汗珠子也下来了。夏雪霏一看，他的呕吐物居然带血，她吓得大叫一声："呀，有血！"

　　她定下神，赶紧拦了辆车送他去了医院，医生检查说是胃出血。需要先输液再输血。夏雪霏办了相关手续后，医生又说太晚了，医院没有顾凌风需要的 AB 型血，让他们转院。

　　夏雪霏急得眼泪都出来，她忽然想起自己是 O 型血，就把手伸出来跟医生说："抽我的吧，我是 O 型万能输血者。"

　　医生验过夏雪霏的血，然后抽了 300CC 给顾凌风输上，暂时度过了危险期。身体原本就有些虚弱的夏雪霏抽完血更虚了，她脸色苍白地坐在那里，感觉浑身无力，头发昏，好想睡一觉。她知道顾凌风跟自己一样，在天津都是孤家寡人，如果自己离开，深更半夜，暂时找不到人照顾他，就硬是撑着，坐在他的床边守着等血输完。后来，她自己也撑不住，趴在床沿睡着了。

　　天亮的时候，顾凌风醒了，听护士说自己输的血是夏雪霏的，

非常感动，他看着一脸倦容的夏雪霏，虚弱地说了一声："谢谢。"

顾凌风住了三天院，身体已经好得差不多了，便出院回去上班了。

此后，再见到夏雪霏，顾凌风明显感觉有一种不一样的情愫，毕竟自己的身体里流淌着她的血，感觉异常的亲切，总想没话找话跟她聊聊，他觉得自己越来越喜欢她了。

夏雪霏很少化全妆。作为一个职业女性，化妆也是对别人的一种尊重，她平时也只是画个简单的裸妆，涂点口红而已。只是对于加班熬夜的黑眼圈和醉后浮肿的眼眶来说，粉底、腮红与唇彩，真是女人的恩人，再憔悴的脸色经过遮盖也能焕然一新。

顾凌风不愿意把生病的事情告知家人，这点夏雪霏非常能理解。因为换成是她，也不愿意让远在家乡的父母担心。而顾凌风在本地工作上的朋友倒是不少，生病后却不愿意告诉任何人。这段时间，夏雪霏尽量抽空去照顾他一下，也无非是督促他吃药和注意休息，不要饮酒。

尽管如此，加上自己的工作也很琐烦，夏雪霏每天都休息不够。早上醒来，看到镜子里浮肿、黯淡的脸，只觉得非常疲乏。但是还是得收拾妆容，调整好心情，画好精致的妆，把头发挽起，高跟鞋、衬衣、丝袜、短裙，一个职业女人的全副武装，再扬起职业的微笑，拉开门，照常继续。

对于 OL 来说，职业装是工作日唯一选择。她平时穿着都很严肃板正，那天她在套装里面搭配了件淡蓝色的花边衬衣，看起来非常清新淡雅。

目前，她倒是有经济能力去购买大牌的衣物首饰，但是却不愿意费心在此上，很少佩戴和使用奢侈品。

大公司永远不乏姿色艳丽、打扮入时的美女，这也是一道令人赏心悦目的风景。在工作中发挥女性的潜在魅力也是一种方式和手段，夏雪霏不是不懂，就目前而言，她更愿意低调，脚踏实地巩固好基本工作，靠真正的实力去体现价值。

从电梯踏出，就发现前台李琦的目光关注了过来，她假装不觉，简单跟她打了招呼。走进办公室的时候，恰好顾凌风也在里面，他直直地看着她，满眼的欣赏和笑意，显然是注意到了她的妆容。

她忽然感觉有些羞涩，多久没有这样的感觉了，仿佛有一个世纪了。她一直把自己当一个职场人，忽略了性别。

不是有句话说：在职场，把女人当男人用，把男人当超人用。特别是这种五百强的外企公司，大老板是做梦的，员工都是拼命做事的，大家都恨不得三头六臂，事事争先，早已忘记了还有性别之分。

如此的心酸与释然之下，她抬头，迎接他的目光，被人关注和欣赏也是一件愉悦的事情。不过转过身来，她依然会保持自己的礼貌与端庄。

他的眼神和笑意像一张密密麻麻的网，在她的背后无声无息地铺盖过去，让她感觉有些喘不过气来。忽然听到他低低地说了一句："雪霏，你什么时候生日？"

他的声音非常低，低得好像是在耳语。她的心突突跳了起来，不明白他问这个到底是何用意，干脆假装没有听见，飞快地走开，眼角隐约看到他意味深长的微笑。

两个人之间，好像有一种神秘的气场在蔓延，那种感觉就好像

是她小时候母亲发酵的米酒，埋在被子里，缓慢地酝酿，等待有一天，那种酸酸甜甜的味道沁入味蕾。

两天后，夏雪霏下班后在公司大楼前恰遇顾凌风，他笑吟吟地打开车门请她上来，要送她一程。她本能地想要客套地拒绝，但是他深邃的眼神却好像一下子看穿了她的内心，让她无法逃避，鬼使神差地上了他的车。

上车后，他递过来一个大大的纸袋，示意她打开说："觉得比较适合你的气质，看看喜欢不！"

她迟疑着打开，是爱马仕最新款的高跟鞋，橘色和黑色相搭配，看起来绚丽而又不失稳重。她一眼看上去，就欢喜不已。真是没有料到，这个男人居然粗中有细，肯费心为她选购一双女式鞋。

一时之间，她有些不知所措。知道他是为了感谢自己为他输血，但还是觉得不应该收下这件不菲的礼物。顾凌风看出她的顾虑，笑笑说："不知道你什么时候生日，就当是提前送你的礼物吧。"

此后，她的办公桌上经常在早上会出现一束鲜花，有时是玫瑰，有时是百合，有时是马蹄莲。

再接着，陆续有一些东西送过来，翡翠手链，西餐厅的招待券，还有一双宜家的拖鞋。她知道是他送的，起身去茶水间的时候，经过他的办公室门口，透过玻璃窗户，两人相视一笑。这一刻，她当他是贴心的朋友。

做完季度总结的那天晚上，顾凌风邀请她一起吃饭，原本说好去吃湘菜的，结果坐到车上看到有个灯火通明的夜市，看似非常热闹。夏雪霏便提议说："我们去吃烧烤吧，就着冰凉的啤酒也很过瘾！"

顾凌风笑着同意了，把车泊好后，招呼她坐下，要了八爪鱼、鱿鱼、基围虾之类的，两人有一搭没一搭地聊着。

说起天津的小吃，又谈到房价，顾凌风问她："你该不是准备在这里买套房子常住吧？"

夏雪霏笑说："有何不可，这里有那么多的美食，虽然冬天格外冷些，还算全国发展比较快的城市，我愿意在此奋斗。"

顾凌风说："你一个女孩子干吗那么拼命，太优秀了会让我们男人有压力！"

夏雪霏不屑地回他："喊，别以为我们女人不明白，其实男人非常虚伪。女人不拼命，就提倡工作中男女平等，有了成绩又埋怨她们失去了女人的味道。"

顾凌风失笑，用手指隔空点她的额头说："你该去直销公司当讲师了，口才那么好不利用真浪费了！"

两人同时大笑，这时旁边跑出一个长发飘飘、满脸惊喜的女孩子，径直扑到顾凌风身上说："凌风，真的是你啊？"

顾凌风愣了一下，随即客套地起身，一手顺势拉开那个女孩子热情的双手："是你呀，圆圆，好久不见，你还好吗？"

那女孩见他刻意跟自己拉开距离，立刻用狐疑的目光转身打量夏雪霏。她浑身散发着酒气，看来喝了不少酒，眼神都迷离着。她委屈地咬着嘴唇说："这是你的新女友吗，你就是因为她才跟我分手的吗？"

夏雪霏哭笑不得，她知道他这种年轻多金时尚的男人非常吸引女人，但是没想到自己给人误会为假想敌。她赶紧澄清："我们是

同事……"

那女孩并不买账，狠狠瞪她说："别当我是傻子，从他刚才看你的眼神，我就明白了，你是抵赖不了的。"

顾凌风也很无奈。他咳咳几声，脸色非常不好看。这会他非常后悔当初一时糊涂，招惹这个年轻的女学生充当炮灰，没想到一直麻烦不断。他想解释，却又不知道从何说起。

女孩依旧不依不饶咄咄逼人，还用悲愤的语气贬低夏雪霏说："没想到你是为了这么个老女人离开我……"

看着她长着几颗青春痘的鼻头不停耸动，夏雪霏也有些火了，看来讲道理是行不通，反倒被贬低为老女人。这些有青春没大脑的女生，就喜欢玩花痴游戏。她索性替她父母骂醒她。

夏雪霏冷冷地说："他就是为了我又怎么着，既然他不要你了，你为什么不找找自己的原因，还是回去好好读书吧！"

女孩看着她愣了一下，口气变得软了："凌风，我什么地方错了你说出来，我会改的！"

夏雪霏索性坏人做到底，继续喝道："你不知道当你不爱一个人的时候，你站着是错，坐着是错，活着是错，死了还是错吗，你浑身都是错要怎么改，最重要的是他不爱你了，你们就不是一个世界的人！"

女孩"哇"的一声哭了出来，她的同伴过来把她拉走了。夏雪霏转过头，看到顾凌风正盯着她，脸上划过一丝奇异的表情，仿佛是惊讶，接着是恍然，然后笑了起来："没看出来，你还挺泼辣的，好，我喜欢。"

3

安承言从北京回来后，第一件事就是把夏雪霏叫到办公室："雪霏，有个任务要交给你做。"

夏雪霏觉得安承言的笑容有些不自然，看来这个任务不一般。果然，安承言说："我觉得你作为代理主管的适应期也差不多了，应该转正了，正好总部计划在我们天津新建一个厂区，前期工作需要我们天津办自己完成，这项工作交给你来做，我更放心！"

夏雪霏心想：这类工作应该属于劳拉的范畴，怎么派给我了呢，仔细一想，这项工作吃力不讨好，如果完成了，属于天津办分内的事，不会有额外奖赏，而劳拉自然不愿费心费力，如果办砸了，便属于个人资历不足，谁也不想趟这浑水。

安承言抛出转正的条件，意思明显不过，如果她做好了，就算在天津办这个位置扎稳了脚步。此时此刻，她唯有一力包揽："老板，你放心吧，我一定不会让你失望！"

安承言要求她先写一份市场分析报告，后面的事情再一步步来。

报告好写，但是做市场调查还需要亲力亲为，到实际的地段考察。她跟米莉带着司机用了三天时间把天津可行性的地段跑了一遍，最后重点选择了几个地段，仔细考察，询问相关细节，最后敲定两个地段，东丽开发区，和滨海新区。

滨海新区有一块地在出售，只是面积只有两千多平方米，不利于将来公司厂区扩大，东丽开发区有一块现有的厂区出租，三千多

平方米，可以改造或者重新修建，需要成本较低。

就两个地点，她各做了一份详细的调研报告，准备一并交由安承言决策，途经顾凌风的办公室门口，她停住脚步，最后敲门进去。

"总监，安总要求我做的市场报告，想请你先过目，给我指正一下。"相对来说，顾凌风更好说话一些。那个安承言总是一副高高在上的姿态，稍有差错，会有毫不留情地指责。

顾凌风大致看了下两份报告，细节上的事情他相信夏雪霏能做好，只是安承言的脾性她不了解。他说："两份报告，我建议你只交一份，你觉得哪一份的可行性更高呢？"

夏雪霏问："为什么，这两份都是我用了心思去做的！"

顾凌风笑笑说："如果你不想走弯路，给自己找麻烦，就听我的。"

夏雪霏思虑一番，决定按照顾凌风的建议去做。她先把东丽开发区的报告递上去。谁知，安承言大致看了一会，就皱起了眉头，还没看完，他就很不高兴地说："雪霏，天津这么大的城市，难道一定要捡别人剩下不用的？"

夏雪霏赶紧说："我实地考察了八个可行性的地段，相比较有两处地方更适合，这是其中之一，还有一个地段的报告我明天交给你！"

安承言稍稍平缓了下神情说："有些事情你作为主管可以自己确定，只是这个项目总部很关心，我不得不慎重一些。还是多一些参考更合适。"

下班的时候，她让米莉先走了，自己留下来整理报告，其实已经很完整了，只是想到安承言的挑剔，她还是觉得再斟酌一下。

顾凌风敲门进来："怎么样，雪霏，安总给你什么指示没有？"

夏雪霏心想不都是你出的好主意，安总觉得我做的不完善。她面上也只能淡淡地回答："安总要求多一些参考，早知道这样，还不如一起交了！"

顾凌风笑："就算你今天两份都交了，他也会说你做事不能独当一面，把问题留给老板思考，然后会交给你新的问题。总之你最近不管做得好与不好，总会有的忙。"

他又说："我其实是为你节约出休息时间，一起去吃饭吧。"

夏雪霏有些郁闷，她客气地谢绝了。手上的事没做完，她是没有心思做其他的。以后几天发生的事情，果然印证了顾凌风的话。

夏雪霏交出第二份报告书后，安承言看了一下，当天上午就敲定第一个方案更合适一些，并要求夏雪霏做出预算报告和投标书。

但是中午安承言出去了一趟，下午回来后就把夏雪霏叫了进去，要求她换第二个方案。夏雪霏不明所以，跟他商讨说："安总，如果选择滨海新区有两个弊端，第一是面积过小，第二是投资估计要超出预算计划。"

安承言却说："选择任何地方都会有弊端，更何况我们现在是分厂区，总部只是在扩大生产范围，将来会不会扩大是我们现在预估不到的。"

夏雪霏还想陈述理由，安承言却不高兴了。他一摆黑脸说："好了，现在我是老板，事情最终需要我来决策，你只需要照做就是了。"

夏雪霏郁闷半天，只得闭嘴。安承言又发话了："雪霏，我知道你是个好主管，顾总监上周给你转正的报告，我已经批了，下月开始你就是正式的主管了。"

给一巴掌，再给一颗糖，让夏雪霏有些摸不着头脑，下班后，她主动约顾凌风一起吃饭，他自然是答应了。

地点选在公司附近一个很有特色的小店，其实夏雪霏是想从顾凌风那里获知一些安承言的工作方式，一落座，顾凌风就说："是不是有什么事情要求我呀，你就直接说呗。"

夏雪霏脸红了一下，有些不好意思起来。她把这几天跟安承言的交涉一一讲给顾凌风听，他很认真地听完，然后跟她分析说："安承言这个人有些急功近利，而且喜欢在下属面前摆架子，喜欢下属无条件听从他的意见。庞伟就是不愿意盲目听从，最后被他抓住错误炒掉的。"

夏雪霏说："那糟了，看来我很快会被他炒了！"

顾凌风笑："你跟庞伟不一样。他是个直来直去的人，有什么委屈藏不住，丝毫不给上司面子。但我知道你是个聪明人，你不会盲目听从错误的决定，但是聪明的下属会引导上司把自己的意思变为他的意思！"

正好一份小笼包上来了，他眨眨眼，冲她笑笑，低头去吃东西，留给她自己思考。

夏雪霏说："如果上司的决定我引导不了呢，也许我会拿自己的前途去争取了！"

她自嘲地补充说："我并不是一个聪明人，既然选择了这个公司，就会一直拿公司的根本利益为中心。"

顾凌风说："这个问题应该等到你的位置更上一层楼的时候再考虑。你不觉得你目前更应该把握好自己的优势吗！"

夏雪霏低头深思，顾凌风看出了她心里满怀委屈和不甘，接着说："孟子曰：天将降大任于斯人也，必先苦其心志，劳其筋骨，饿其体肤，空乏其身，行拂乱其所为，所以动心忍性，增益其所不能。在职场上，磨炼忍性、锻炼心智是每一个上进者必须承受的。只有磨炼忍性、养精蓄锐、能屈能伸，才有生存和发展的空间。"

他老生常谈的语气让夏雪霏不禁莞尔，心里立时感觉轻松起来。

渐渐的，夏雪霏和顾凌风在一起吃饭喝茶多了。有次下班后两人凑巧一起下楼，夏雪霏打招呼，顾凌风要求她不要总是叫总监总监的，在公司以外的场合，让她喊他凌风。他说："我妈在家就是这样叫的，你有很多地方跟我妈很像！"

她一口水差点喷出来："我真的有那么老吗？"

他说："不是这个意思，我妈是一个很坚强聪明的女人，你们的性格有些相似。再说她也不老，我妈很新潮，喜欢打扮得漂漂亮亮才出门！"

然后他又补充："我将来娶老婆也准备照着我妈的标准呢！"夏雪霏吓一跳，他这算是表白吗，但是面上还是不动声色地打趣说："那你将来的老婆真有福气，你对她肯定会像对妈妈一样好了！"

办公室就是一个小型战场，很多时候，功成身进不一定是靠业绩、靠实力，还需要靠跳板或渡船。而眼前的顾凌风就是一条适宜的渡船，最重要的，他愿意成为她的渡船。现实的残酷，让她既要保持这种适度的暧昧，又要适时而可。

按照安承言的要求，她在规定时间内把预算做好，还加上详细的投标书。这次她多了个心眼，提前把另一份方案也做好了，并且

把两份方案各多做了一份交给了顾凌风。她倒没有别的意思，只是觉得既然不能越级越权，做出来至少表明自己努力了。

顾凌风让她把报告留下，也没多说什么，只是告诉她："这个项目公司指定由安总负责，而他交给你去办理，我不好插手。你尽管去做吧，有什么需要帮忙的，就来找我。"

夏雪霏很感激，其实顾凌风这个人非常不错，做男朋友也不错。不过目前对于她来说，工作是第一位，加上企业内部不允许员工恋爱，如果有必定有一方要走人。顾凌风目前的位置年薪加奖金大约接近一百万，他自然不会走人；而自己好不容易坐稳这个位置，当然也不会走。

在这个公司工作久了，从当初那个小助理一步步走来，她已经被打磨得游刃有余，在感情上，也变得物欲而势利。职场生存，到处有看不见的刀光剑影，面对一些选择，首先会考虑得失，作为一个事业型的女人，她需要更多的是笃定和坚强。

而在大公司工作，本身就是一种学习和享受。身边的人大都是学历高，经验丰富的"人尖子"，在一起工作本身就在学习，更何况有各项保险和补贴。随着年龄的增加和更多事情的经历，她越来越明白，爱情和男人不是自己能单方面掌控的，唯有工作是最忠实的，属于自己的。

除了安承言安排的任务外，销售部还有很多的琐事需要处理。夏雪霏常常加班，有时候顾凌风会在下班后回来拿资料，顺便陪她一会，偶尔还会给她打电话，要求她下来一起吃饭。她看得出来他看自己的眼光多了一些别的东西，但是假装不明白，适当的装傻也是一种聪明的表现。

4

按照正常的程序，夏雪霏把报告书递上去后，安承言向总部汇报，很快就会由总部派人前来考察，之后开始操作新建厂区的事情。

但是过了两个星期都没见任何动静。安承言去了两次北京，来去匆匆，每次看见他来上班都是行色匆匆的，夏雪霏觉得有些异常。前台接待李琦请假好几天了也没来上班，只有顾凌风一副安安稳稳事不关己的样子。

又过了两天，行政经理劳拉那里传来消息，总部暂停新建厂房的计划，因为天津办有些账目不是很清楚，总部会派人先来核对账目，而后再论厂房的事宜。

"李琦被安总的老婆打了，昨天刚出院！"米莉爆出一个新闻。

夏雪霏惊愕不已："你怎么知道，安总老婆为什么打李琦？你从哪儿得到的消息？"

米莉说："是李琦昨天晚上给我打电话说的。上周她跟安总一起吃饭，被他老婆错认为小三，所以就被打了！"

夏雪霏不是那种爱扒拉八卦的人。但是事关自己公司的人员，她让米莉从头说清楚。

原来，安承言跟劳拉的事他老婆早有察觉。她只知道丈夫在外有人，还是公司内部的人，具体是哪个人还不知道。刚巧，那天有朋友告诉她，发现她老公跟一个年轻女子在一个偏僻的餐厅吃饭，

两人交头接耳亲密交谈。他老婆怒不可遏，立刻带了几个人赶过来，不分青红皂白就劈头劈脸地打。安承言一看那架势，知道说什么都没用，干脆逃跑了。

李琦被修理得很惨，衣服被撕烂了，几乎不能遮体，头发也被拽掉好几络。她在电话中跟米莉咬牙切齿地说："我真是冤枉死了。安总那样的老头子，给我都不要。他也不解释清楚，白让我担了第三者的罪名。我也不是好惹的。迟早会给他好看！"

夏雪霏觉得奇怪。安承言跟劳拉有私情大家都知道，怎么又扯上李琦了呢？到底是怎么回事？她觉得顾凌风一定知道。

下午比较清闲，她请顾凌风出去喝茶，想套套他的话。顾凌风倒也不拐弯抹角，他说："雪霏，其实几天前我就知道了，并且这次总部暂停新建厂区的计划跟这件事也有关系。"

顾凌风告诉她，安承言原本同意她提议的第一个方案，就是东丽开发区的旧厂房进行改造。因为傻子也能看得出来，签约能租上二十年，选择那里不仅能节约成本，还有利于将来的扩建开发。

但是滨海新区那块地属于一家单位的，分管的副局长即将离职，希望临走前能卖掉那块地捞上一笔。那块地可是一块肥肉。恰好李琦跟那个副局长沾亲带故，副局长让李琦牵线搭桥约了安承言，吃了一顿饭后，安承言就改变了之前的主意，要求用第二个方案，买下滨海新区的地。

之后关于购买的相关细节，副局长就交给李琦全权代理，于是就有了安承言和李琦在一起秘密约会的场面。恰好被他老婆知道了，才出了那样的事情。

就在李琦被打的第二天，有人匿名给大老板朴永志发了邮件。大老板让人查实后很生气，立刻在电话中把安承言大骂一通。不过到目前为止，安承言也不过正在跟副局长交涉中，实质的交易还未产生。大老板还是比较护短的，毕竟安承言算是跟他一起打天下的老人，他不想他快退休了还身败名裂。

安承言丢下电话后就乘飞机赶往北京，他跟大老板是怎么样交涉的，暂时还不明白，总之，他连续去了两次，大约已经平息了大老板的内火。只是这个项目自然得停下，总部之后会派人过来重新跟进。

顾凌风停了好一会，还是很郑重地跟夏雪霏说："这件事情不会这样简单就结束的。对于安承言，大老板会念旧情，只是这个项目是你实地考察的，出了这样的事情，你也脱不了干系。"

夏雪霏大呼冤枉，她可连滨海新区的那个副局长见都没见过，之前也不过跟那里一个小科长面谈了两次而已，之后都是安承言在接触。

顾凌风说："大老板不会给你辩解的机会。如果他觉得你也参与了这种消耗公司成本的金钱交易，他一定会毫不留情。"

夏雪霏想了一会，开口相求："凌风，你是知道一切前因后果的，希望你能帮帮我。"

顾凌风皱着眉头想了一会说："我肯定是想帮你的，容我好好想一想吧。"

夏雪霏松口气。

第二天，他把夏雪霏叫过去，很高兴地说："你的事情被我摆

平了！"

夏雪霏大喜："真的吗，你是怎么做的？"

顾凌风说："其实让大老板知道你没有参与这件事情并不难，难的是用什么方式跟他说。如果直说了，他的面子上挂不住，毕竟安承言的事情目前还处于保密中，公司并不打算公开。我只是告诉他，关于厂区的新建，你曾经向我递过两个方案，如果之前的不行，那就试试另外一个。大老板一听就明白了。"

夏雪霏说："真是感谢你了，你想吃什么，我请。"

顾凌风说："其实我并不在乎你请我吃饭，我喜欢看到你工作时高高兴兴的样子。"他眼神定定地看着她说："你刚来晕倒的那次，我吓坏了，我觉得我太凶了，把你吓着了。你睡到病床上打点滴的时候，眉头紧锁的样子，让我觉得非常心疼。"

夏雪霏的眼神不由得忧伤起来。这么长时间来，自己都没把自己当女人来看待，只想拼了力气去做好工作，没想到还有人这样暖暖地关心着。他这样的男人没有女人能够免疫，只是想到他的多情泛滥，不由皱皱眉头。

看来适当的暧昧对工作是大有帮助的，但是过分的暧昧会让自己真地陷进去的。

她狠狠闭了一下眼睛，再睁开的时候，已经恢复了常态。她说："谢谢你的关心，我还有事做，晚上一起吃饭吧。"

回到自己的办公室，她坐在那里半天都回不过神。过了一会儿，她的手机响了一下，是短信，顾凌风发来的：雪霏我喜欢你，下班后我在停车场等你。

　　夏雪霏拿着手机看了许久，心中有一种很奇怪的感觉，既高兴，又失落，还有一丝忐忑。毫无疑问，顾凌风属于那种很招女人喜欢的男人，自己跟他相处下来，又怎么能例外呢，只是太多的顾虑摆在面前，她更愿意同他做能亲切聊天讨主意的朋友。

　　特别是上一段感情对她的伤害很大，她特别需要一段新的爱情，却更加害怕新感情让自己把握不住。

　　想到他深情而笃定的眼神，还有他高大强健的身材，她觉得大脑有些眩晕。男女之间，最原始而强烈的感觉，来源于身体的那种气息的吸引。她知道，自己不由自主被他吸引。她想挣扎，却觉得那种内心的感觉愈陷愈深。

　　下班后，她坐了电梯从后门离开。本来约了顾凌风吃饭的，但是又不知道该怎么面对，既不能接受，又不想回绝。她想，顾凌风一定会懂得。

　　李琦离职，这是意料中的事情，不过她本身就是可有可无的职位。安承言被调回韩国 NR 总部，据说安排了一个无足轻重的位置，以等待退休。也许对于他来说，这是最好的下场了。只是新厂区建到了广州，据说总负责人是副总裁胡一品。不管怎么说，中国区的大老板朴永志恩威并施，到底具备一个跨国企业的王者风范。

第八章　职场爱情两不易

1

从来到天津，夏雪霏的咳嗽一直都没有好转。开始一直没当回事，以为只是水土不服，清热消火的茶喝了不少，也不怎么见效。有时候咳嗽多了，感觉头昏昏的，特别是给顾凌风输血之后，感觉身体更差了。

米莉问了她几次要不要去医院看看，她都拒绝了。她觉得自己还没那么娇气，更何况自己的工作刚刚上手，不想这个时候耽误时间。

那天早上一起床就觉得头有些昏沉，咳嗽得更严重了。销售部一上午都有人汇报工作，她一直强撑着，感觉体温越来越高，好不容易坚持到中午下班，连米莉都看不下去了："老大，这次无论如何也要去看看了！"

走在去医院的路上，米莉说："老大，以前我奶奶跟你这个情况差不多，总是咳嗽，每天中午还有会低烧。开始没在意，等后来查出来说是肺结核！"

夏雪霏瞪大眼睛："不会这么严重吧，你可别咒我！"米莉吐吐舌头："我也只是提醒你别不当回事，有时候小毛病会引发大的毛病。"

说者无心听者有意，夏雪霏也感觉除了喉咙不舒服，胸口疼痛，最近好像每天都有点低烧，有两天早上鼻子还出血了。在网上查了一下，貌似是肺结核的基本征兆，她心里不禁一凉。

赶到医院的时候，好在没有下班，把最近的症状说清楚后，赶紧开了单子去检查，那个姓王的主治医生看了片子一脸凝重地说："肺部有一片模糊的阴影，鉴于你此前的情况，建议你再做进一步检查。"

夏雪霏的头嗡嗡响一下，差点没晕过去。米莉惊呼一声："肺结核是会传染的！"她退后一步，觉得不妥，又低着头向前走了一小步，和夏雪霏保持着距离。

王医生白了她一眼，安慰说："暂时不能确定是不是肺结核。这个病是传染病，如果你没有接触传染源，也不是说得就能得上的。也可能只是普通的肺炎，或者胸膜炎，我们还需要详细地检查一下。"

夏雪霏略略回过神，不管是肺结核还是肺炎，目前自己只能先接受检查和治疗。因为发烧连带有呼吸道感染，先按照常规肺炎治疗，输液是必需的。

按照医生的要求，输液之后她需要先请假回去休息，等检查血液和唾液分析结果出来后再添加药物。

她把工作简单向米莉交代一番，回到宿舍换上睡衣便昏昏沉沉地睡了过去。不知过了多久，听到有人敲门。她慢腾腾起身开门一看，居然是顾凌风。她的心一阵惊喜，怦怦跳了起来，原来自己一直期盼着他的到来。

自从上次用沉默来拒绝他后，两人再见面虽然跟什么事都没发生一样，但是心里都明白，很多事不一样了。

顾凌风一脸紧张地说："听米莉说你病了，到底怎么样了？"

想起自己还穿着睡衣，夏雪霏站在门口也不让他进来，淡淡地说："谢谢你关心，可能是肺结核，会传染的，我就不请你进来了！"

顾凌风急了，一手推开门，一手揽住她，一下子把她抱进屋子里。她又急又气，咳嗽了两声知道阻止不了，便不再言语。

他把她放到床上躺好，盖上被子，然后定定地看着她眼睛说："你听好，不管你是不是真的患上肺结核，我也是不怕传染的，大不了跟你一起打针吃药，陪你受罪。"

夏雪霏听着心里暖暖的，不知道说什么好了。她只好看着他，扑哧笑了出来。他哎了一声说："别动，别动，有个小虫子。"然后，他俯身过来，忽然就在她额头上亲了一下，"如果你真得了肺结核，我想被传染。"他说。他的气息弥漫过来，那是一种年轻男人散发的荷尔蒙味道，跟她的前几任小男友不同，跟丁戴维也不同，说不清是什么气息，一下又一下拨动她心弦。

她的心一下子软了下来，抬眼看着他，他真是一个很好看的男人。

她的脸红了一下，干咳了几声，开始是假装的，谁知一咳嗽起来居然没完。他偎过来轻抚她的后背，然后把她拉到自己怀里。她缓缓地，犹豫了一下，把头埋了进去。

房间里很安静，能听到彼此呼吸的声音。就这样过了许久，她问他："为什么会选择我呢，其实你有很多别的机会！"

他说："说了你相信吗，那次你晕倒，让我想起小时候我妈妈生病时候的样子，她也是个性格倔强坚强的人，什么事都要自己坚持做好，所以我就想照顾你帮助你。"

夏雪霏抬起头："你不会有恋母情结吧？"他笑了一下说："肯定没有，我对你们的感觉还是不一样的。那次你给我输血，我就知道，我这辈子不会爱上别人了。当你拒绝我的时候，我真的很难受。现在好了，如果你真的患了传染病，一定要传染给我，这样我就有机会跟你一起同甘共苦了。"

她的眼睛有些湿润，深深叹口气说："你这是何苦呢！"

他要去给她买吃的，她说没胃口，不让他出去，两个人就这样抱着，后来累了，他脱了外套和鞋子，躺到她身边，依旧是抱着，后来她又睡着了。

第二天上午，她感觉好了一些，顾凌风陪她一起去医院。王医生看了看几张检查单子的结果后，笑眯眯地说："应该排除是肺结核的可能，是普通的肺炎合并呼吸道感染，拖的时间有点久了。鼻子偶尔出血，估计是上火了。"

王医生要求她打三天点滴，而后吃消炎药。她心里很庆幸，但看上去顾凌风比她还高兴，输液的时候便打趣他说："你是不是在暗自庆幸自己免遭传染病的机会啊！"

他嘻嘻一笑说："你觉得是就是吧，那……"他看了看她，欲言又止。她忽然明白他什么意思了，一般肺结核传染往往是通过呼吸道，她这样说，明摆是自己已经想多了。

她脸红了一下，神情立刻把自己出卖了。他趁人不注意，轻轻在她嘴角亲了一下。

顾凌风陪她打了三天上午的点滴，下午去上班。除了米莉每天都给她报平安，顾凌风还顺便告诉她公司的情况。销售部一切很正常顺利，安承言已经被调到总部，目前天津办的事物都由劳拉在管理，但是她已经上交了辞职报告。

"为什么，她不是一直干得好好的吗？"夏雪霏很疑惑，虽然安承言跟劳拉有私情，但是安承言的调动跟她并没有关系，再者，在 NR 做行政经理的待遇并不低呀。

顾凌风顿了顿说："其实劳拉根本不是什么美国名牌大学毕业的，她的学历是假的。她被猎头公司挖过来之前就跟安承言认识了，一切不过是走个过场，凭她的能力根本做不到那个位置。一朝天子一朝臣，现在安承言被调回韩国，已经顾不上去保全她。要不了多久，她的底子也会泄露出来，她自己提出离职是个聪明的方式。"

夏雪霏问："那她走了，会有谁来接替她的工作？"

顾凌风说："昨天我跟副总裁胡一品通过电话，他说总部暂时不会派人过来，让我考虑升劳拉的助理朱珠做经理。我还在考虑中。"

夏雪霏点头："我早就觉得朱珠是个很有能力的人。据说劳拉所有的书面材料都出自她手，她只是有些不善言辞而已。"

顾凌风摇头说："这你就错了，朱珠初来公司是做销售的，提升助理后做了六年一直没有升职，你知道为什么吗？因为她这个人比较阴柔，喜欢在背后摆一道。我估计上次安承言的老婆带人打了李琦的事情，就是她发的邮件告诉大老板的。往往大老板不会取信匿名发件，既然之后有所行动，一定是那个匿名发件的人，掌握了足够多的有力证据。"

夏雪霏想想，觉得真看不出，朱珠还有这样的心计。不过大家各扫门前雪，何必管他人瓦上霜。从目前来看，安承言调走也是一件好事，于公而言，他这种老朽而强势的领导并不有利于公司的发展；于私来说，他走了，少一个人知道自己跟顾凌风的感情，也是好事。

过了两周，朱珠的任命书下来后，夏雪霏再看她，觉得真的跟以前不一样了。她戴了隐形眼镜，头发也变成了披肩的波浪卷，衣服也从黑白配换成了鲜艳的颜色，好像换了一个人一样。

女人对于自己的容貌向来是很在意的。朱珠之所以一直把自己打扮成一个灰姑娘，应该是为了迎合劳拉，面子工夫做到位，以致劳拉从来没有对她抱有戒备心理，自然让她钻了空子，获取了诸多不利于自己的证据。估计劳拉离开后，也不明白自己被迫辞职跟自己一向低眉顺眼、逆来顺受的小助理有关系。

因为安承言的事情，总部已经确定把新的厂区建立在广州，那个事件已经跟她无关了。销售部的业绩也很稳定，目前她有足够的时间和心力，来和顾凌风谈地下恋爱了。这件事暂时不能让同事们知道。

第一次在一起跟同事们吃饭时，他替她挡酒："你们老大生病刚好，谁也不能跟她敬酒，要喝跟我喝！"大家嘻嘻呵呵去灌他了，他来者不拒。其实有人早就看出他们俩不简单，不过不关自己的事，谁也不去点破。

那天晚上，顾凌风喝了一点酒，没法开车，夏雪霏把他送回去。到了楼下，他眯着眼睛说："都是为了你呀，我浑身没劲，快来扶我 。"

　　她还是第一次进他的房间，房子里装修简单，客厅的隔断是一个架子，上面摆了根雕，和一些瓶瓶罐罐。墙上还挂了几张画，仔细看来，跟平时看到的不太一样。

　　顾凌风介绍道："这是烙画，用一种很特制的烙画笔画出来的，我很喜欢。"

　　其中有幅美人图，夏雪霏说："看起来很漂亮，线条柔美，我很喜欢。"

　　顾凌风："喜欢就送给你吧，别小看这幅画，是我母亲亲手画的，有人出十五万我都没卖的。"

　　夏雪霏吐了吐舌头，赶紧拒绝说："我也只是说说，又不懂得欣赏，你母亲画的，还是你自己留着吧。"

　　她心想：难道他母亲是个名人么，一幅画也这么值钱，自己对他的了解还真不够呢！

　　他躺在沙发上休息，她去给他烧了点开水。倒水的时候，她不小心把手烫了一下。听到她哎呦一声，他赶紧冲了进来，把她的手抓过来，问："烫到了，疼不疼啊？"

　　也不等她回话，就把她发红的手指头放到嘴边吮吸起来，然后又把她拉到自己怀里，抱住。肌肤相贴的刹那，有一种奇异的战栗传来，就像是电流接通的感觉。

　　她心跳加速，轻笑着挣扎了一下，到处都是他的气息，把她丝丝缕缕笼罩其中。她招架不住，就顺势倒在他怀里，他便又开始亲吻她的脸和嘴，最后停留在那里。她的脸年轻、干净与柔软，美好得一塌糊涂。

她的热情被调动了起来，仰起脸回吻他，接着就被他抱进卧室，两个人呼吸都急促起来，有一种梦幻般的感觉。

他心急火燎地脱掉彼此的衣服，一边亲吻抚摸，一边进入她的身体，她感到一种放纵和歇斯底里的快感。

她想，时间停留在这一刻也是好的，哪怕只是一场彼此的各取所需，至少她感觉很快乐。

早上醒来，顾凌风轻轻抽掉她从背后环绕过来的手臂，她也缓缓睁开眼睛，羞涩地看了他一眼，

发现他的神色有些凝重，她心里一怔，一颗心缓缓下沉。不是有人说过吗，男人对于未到手的强烈追求，一旦得到了，立时就想反悔。

两人一前一后起床，面对面坐在床边，沉默了许久。顾凌风叹口气，看着别处说："雪霏，我很喜欢你，也愿意一直跟你在一起。只是，我是个不婚主义者，可能无法给你任何承诺。"

夏雪霏咬咬嘴唇，好像被人猜中心事般羞愧难当。她强忍住心里的悲愤，淡淡地说："我说过想嫁你吗，我的理想是嫁个高富帅男人，你觉得你够格吗！"

她不是十六岁的处女，事后一哭二闹三上吊，非逼着他结婚，他也太高估自己了。是了，他这样出来玩的男人，最怕麻烦了，他的模特女友还有那个女学生不都是前车之鉴吗？

她心里非常鄙视和仇视这样的男人，事前处心积虑地讨好，事后一再申明自己恐惧婚姻，纯属胡扯乱弹，不过是为自己的花心和滥情找借口罢了。

想到这里，她也不甘示弱，从钱包里拿出全部的整张票子，从他的领口塞进去，摆出一副淫荡无耻的表情，拍拍他的脸说："宝，你昨晚的表现非常不错，绝对不逊于那些出来卖的少爷们，这是你的辛苦费。"

顾凌风愣住了，吃惊地看着她，慢慢涨红了脸说："你干什么，你把我当什么人？"

夏雪霏继续冷笑："大家不过是成年男女的各取所需罢了，你想我把你当什么人？"

顾凌风气极，他把那卷钱掏出来，放到桌子上，气哼哼地出去了。他走后，夏雪霏感觉浑身发抖，牙根也在打颤，眼泪也不争气地流下来，心像被谁重重打了一拳。她强忍住浑身的不自在，和满心的委屈，整理好自己的妆容去上班。

一整天都不好受，感觉心脏好像变成了一个被充满了气的气球，涨得自己喘不过气来，牙根也恨得直发痒。不过想想自己恶毒的做法，也很解恨。他那样骄傲惯了的男人，活该被整一次。只是，自己的本意是用一夜欢情来整顾凌风吗？不！要是再有机会单独面对他，一定要狠狠给他一耳光。

下班时，夏雪菲磨磨蹭蹭到最后。等到大家都离开了，她才准备步行回去，却看到顾凌风开着车正等在门口，看到她出来，按了一下喇叭。她故意假装没有看见，径直向前走，他只好发动车子跟在她后面，赶到身旁停下喊她："雪霏，快上来啊！"

他居然没有一点生气的样子，好像早已忘记早上的不快似的。既然这样，她也不能太小气了，索性不说话，上了车。

他这才开口说："还在生气啊，哎，哎，都怪我措辞不清楚，是我错了，行不行，你原谅我吧！"他诚恳而调皮的表情让她的憋屈和怒火一下子烟消云散了，忍不住扑哧一声笑了出来。他顺势凑过来吻了她一下。

2

春季营销会过后，夏雪霏有了一周的带薪假期。天津的街头，此刻新绿初绽，桃花灿烂，周边有些临山区域却依然冰天雪地，但从海边吹过来的风，已柔和了许多。

恰好顾凌风经常参加的那个同城车友会组织了一次去蓟县的自驾游活动，顾凌风提议一起去。长期的办公室工作，确实让人感觉快憋出毛病了，能在初春的天气里呼吸一下郊外的新鲜空气，也很不错，夏雪霏欣然同意。

对于蓟县的风景和旅游，夏雪霏也是慕名已久。蓟县有几处大型滑雪场正在举办一些特色活动。这里银装素裹，翠柏参差，地理位置独特。西邻自然山水与名胜古迹并重、佛家寺院与皇家园林并存的国家级风景名胜区——盘山和文化底蕴厚重的石趣园；东接国家级自然保护区八仙山，国家级森林公园九龙山，山乡风情浓厚的九山顶、田园野趣的龙泉山游乐园、青山岭劲松园和新开放的、被誉为天然地质博物馆的毛家峪元古奇石林风景区、被誉为天津神农架的梨木台风景区；北依世界文化遗产、国家 4A 级景区黄崖关长城；南有国家重点文物保护单位、辽代古刹独乐寺。为了这个小城的风情，

还是值得跑一趟的。

出发那天，一行十几辆车，浩浩荡荡穿过市区。顾凌风借了一辆越野，夏雪霏问他为什么不开公司配备的车，他笑笑说："看来你还是没有旅游的经验！"到了目的地，她才知道这个决定有多英明。

到了山区，山路陡峭，雪地湿滑难行，有很多车都开始四轮空转，发出难闻的焦煳味，只有他们这部底盘高的越野车还算争气，总算能往前走。路边已聚集了很多看热闹的山民。

车友们组织在一起，找了十几个身材魁梧结实的山民帮忙将车移出湿滑地带。

因为有滑雪项目，晚上有大部分车友要在山上住宿。大家零零落落地离开。等两人尽兴下山的时候，天空已经开始飘下零星雪花，半小时后越下越大，能见度也越来越低。雨刮刷刷地划动，却赶不及雪花下落的速度。

周围是一望无际的丘陵和几座海拔两千米左右的山，渺无人烟，平日枝叶繁茂的树林，此刻渐渐披上一层白纱，白茫茫一片，只有他们一辆车在荒野中踽踽独行。

夏雪霏有点儿害怕："还要走多久？"

顾凌风努力辨识着前方的道路："不知道，这雪真有点儿太大，路看着也不太对劲啊？"

再硬着头皮开出三十多公里，情况越发让人不安。天色暗得像黄昏，能见度只有两三米左右。积雪已经很深。耳边只有汽车开动的声音。

天地间仿佛只剩下他们两个，和这漫无边际的白色。忽然车身猛地一震，就听得轰隆一声，发动机熄了火。

夏雪霏的心忍不住抖动了一下，不知所措地望向他。

顾凌风用力捶着方向盘，骂道："我靠，真是见了鬼！"

他跳下车察看，甚至没来得及穿大衣。雪霏抓起羽绒服跟下去，定睛一看，胸口顿时像沾了雪片一样冰凉。

原来四个车轮都陷入雪堆，被彻底困住，无论如何努力，再也无法挪动一步。她摸出手机，显示屏上却没有一点信号，完全的盲区。

雪还在下个不停，风呼啸着从身边掠过，四周一片冰天雪地。他俩大眼瞪小眼，看得到彼此眼中的恐惧。竟被困在这样一个前不着村后不着店的地方，叫天不应，叫地不灵。

顾凌风只穿件薄棉衣，嘴唇早已冻得乌青。他爬回司机座用力关上车门，两手哆嗦着点着一支烟。

"怎么办？"夏雪霏又冷又怕。

他本来沉着脸，扭脸看她一眼，伸手打开暖风，再回头已是若无其事："没事儿，太寸了就是。等会儿说不定有路过车，我们搭车就是了。别抖了，怪让人心疼的，真的没事儿。"

然后，他伸手抱住她，这个拥抱，令她感到异常的干净纯粹。在这漫天飞雪之间，其中不再隔着不相干的人和事，那会儿，他们忘记了一切的烦扰和顾虑，心无旁骛地偎依在一起。窗外风卷着雪花扑打在玻璃上，暖风呼呼吹出来，夏雪霏觉得颇有些荡气回肠，自己先被自己感动了。

一整夜，都是昏昏沉沉，夏雪霏没怎么睡着，饿得前胸贴后背，车上只有矿泉水和水果，并未准备任何食物，油量指示分明已亮起

红灯。早上六点,发动机彻底熄了火,暖风停了。

夏雪霏感觉很绝望。顾凌风紧紧握着她的手,手心里全是冷汗。零下十几度的环境,没有取暖设施,没有食物,不要说人的体能支撑不住,最终的心理防线也会很快崩溃。

两个人紧紧拥抱在一起,车内的温度一点点降下来。唯有他的体温一直温暖着她,周围万籁俱寂,静得仿佛能听见彼此的心跳。空间和时间,似乎都在此刻凝固。黎明前最黑暗的时刻,也是一天中温度最低的时候。

后来,夏雪霏不由自主地昏睡了过去……

不知过了多久,她醒了过来,已经躺在医院里,手上插上了输液针头,身上穿的是顾凌风的薄棉衣。她激灵一下,立刻开口喊他的名字。很快,走进一个年轻的护士,轻轻地安慰她说:"别急,他已经抢救过来了,正在隔壁病房观察。"

在最后的时刻,他把自己身上唯一能取暖的棉衣脱下,穿到她的身上,最大限度地保持了她的体温,自己却冻得进入休克状态。好在有一辆过路车救了他们,如果再晚来一会,恐怕,两个人就会阴阳两隔了。

那一刻,她忍不住泪流满面。原来,真的有可以为你失去自己的生命的人。

自从徐高的儿子徐小天转到深圳的学校后,王嫣然就成了兼职的老妈子。那个孩子的嘴很甜,一见面就叫她王阿姨,还夸她漂亮。她觉得这个孩子真懂事,以后跟徐高结婚了,三个人相处倒也不会有多大矛盾。

徐高原本就住在王嫣然的家里，为了让徐小天更好地学习，她专门重新装修了一个房间，学生专用的书桌和台灯，家具和床都重新定制的。果然，徐小天一进门就欢呼："真漂亮啊，阿姨我太爱你了，你对我真好！"

徐高说："嫣然，你越来越有做母亲的范儿了！"

周末，徐小天回来，徐高还有意无意地说："小天在奶奶家的营养一直不好，身体太瘦了。"王嫣然立刻去菜市场买新鲜的骨头和鱼，一边打电话请教朋友，一边亲自操刀烹煮。

杀鱼的时候，她的手一滑，刀把手指切了一道口子，她忍不住"哎哟"一声，在客厅看电视的徐高赶紧问："怎么了？"

她不想被小看，回说："没什么！"

等她好不容易做好一道鲫鱼豆腐汤端上来，示意徐小天："尝尝阿姨做的汤怎么样！"

徐小天一边看电视，一边用勺子舀到碗里喝了一口，立刻皱眉说："有一股腥味。"

旁边的徐高赶紧用眼睛瞪了一眼儿子，徐小天非常机灵地转口说："阿姨，你做的汤原汁原味，很鲜美呢！"

王嫣然摸了摸包了创可贴的手指，眉开眼笑。

徐高每月的工资大约五千元，他除了正常开销，给儿子的生活费，每月还会给老家寄一笔钱。每次寄钱的时候，他都背着王嫣然。有次王嫣然无意中看见了一张汇款回执，收款人叫：刘慧。问他刘慧是谁，徐高很镇定地说：我母亲。

王嫣然觉得徐高是个孝子。尽管两人在一起时间长了，各种花销累积起来，几乎都是她在花钱，常常让她有一种很局促的感觉。但她觉得徐高身在深圳，还不忘孝顺母亲，是个重感情的男人。这样的男人固然有很多不尽人意的地方，但也不会差到哪里去。

此后，徐高寄钱也不背着她了。有几次到了月底，他跟王嫣然说自己那几天忙不过来，让她帮自己按那个账号汇去五百元钱。王嫣然心里有些不情愿，但是徐高说："给我妈寄点生活费是媳妇分内的事，快去吧。"

王嫣然想想，觉得也是，其实她倒不是在意那三五百的，只是给一个从未见面的女人寄钱，她心里总有隐隐的不快。

过年的时候，徐高叫上王嫣然，带着儿子一起去逛街。徐小天相中了一款耐克的羽绒服，新款没有折扣，两千八百六，他吵吵着要买。徐高眉头一皱说："老爸可买不起，我一月工资才多少！"

徐小天立刻攀上王嫣然的手臂，撒娇说："阿姨，我就是你儿子，他不给我买，你买吧。"王嫣然屁颠颠地拉开钱包，毫不犹豫地买下来。

徐高站在一旁，讪讪地说："你就由着这个孩子，惯坏他了。"

后来，王嫣然试衣服的时候，徐高说要去给他妈买一件衣服，当过年的礼物，因为他们商量好了，过年不回老家了。

等王嫣然试完了，发现徐高正在靠电梯旁边的花车上拿了一件女式棉袄，让售货员开票。王嫣然走过去笑着说："老徐，你怎么能送你妈这样的衣服呢，这颜色太鲜艳了，不适合她的年龄。"

徐高不自然地笑笑说："我妈这个人老来俏，喜欢鲜艳的。"

王嫣然硬是把他拉回到一个品牌区，挑了件酱色的羽绒服。徐高一看价格，吓了一跳说："一千八啊，我妈知道了不骂我败家才怪！"

王嫣然说："不让你掏钱，算我送她老人家的新年礼物！"徐高不再说什么了。

徐小天的成绩一直不好，老师给徐高打过几次电话，跟他说孩子三次摸底都是倒数后十名，暗示他儿子可能连三本都考不上，要求他多督促孩子复习。

徐高在饭桌上教育儿子："如果你考不上名牌大学，将来不会有好前途，老爸我没有能力给你找好单位，你要是进私企打工，也得有真材实料。"

徐小天撇撇嘴，满不在乎地说："王阿姨的公司不就很好嘛，干脆让她暑假介绍我去实习，将来介绍我去做个主管经理什么的，也是个好工作。！"

王嫣然放下碗，很认真地说："小天，阿姨在公司只是个小区经理，没什么实权，再说，进私企最主要的还是要求你有能力有经验，如果你连大学都考不上，我也帮不上忙。"

徐小天最烦别人提他考学的事，他生气地站起身，说："考不上大学会死啊，我一回来就听你们说这个，烦不烦人啊，你又不是我亲妈，管得着吗！"气呼呼地跑到房间，关上门。

王嫣然有些生气，跟徐高说："看你儿子，怎么说话的，我对她哪点不比亲妈差？"

徐高也有些烦烦的："嫣然，你以为亲妈那么好当吗，你不会多拿点耐心出来啊！"

王嫣然觉得委屈，不过有苦也无法跟人说。当初跟徐高的恋情，

让她众叛亲离，父母发话：如果你不跟他分手，就别回家。亲朋好友也没人看好她的这段感情，唯一没有泼冷水的就是夏雪霏。

电话中，她向夏雪霏诉苦："到底不是亲生的，你对他好就是应该的，如果哪句话说重了，就是你的错了！"

夏雪霏笑，安慰她说："日久见人心，既然你选择了当后妈，就应该有心理准备。等过了磨合期，自然就好了。"

王嫣然跟她说："前段时间我看到丁戴维了，他又有了新女朋友……"

夏雪霏说："丁戴维是谁呀，我都忘记了。我现在有新男朋友了，他叫顾凌风。"

王嫣然说："顾凌风！好像是你们公司内部的人啊。去年我去北京参加一个商务会，见过他！"

夏雪霏说："目前内部还没有人知道我们在恋爱，真不知道曝光了该如何收场！"

王嫣然说："没什么大不了，什么工作和事业，对于女人来说，没有什么比遇到一个自己爱的男人重要，那个顾凌风给我的印象还不错，我之所以记住他，是因为当时有很多男人，就他一个人对我不怎么热情。这样的男人，属于闷骚型的，一旦爱上了，就会奋不顾身。"

王嫣然的话，让夏雪霏既安慰，又多了一层顾虑。他们两人一直掩藏得很好，公司暂时没人知道他们的关系。

他们在办公室保持不冷不热的态度。最痛苦的是上下班，有时候，夏雪霏前一天住在顾凌风的家中，早上，坐他的车明明一起到了公司，还要轮换着，前后相差 10 分钟进门。下班后，就跟特务接头一样，提前定好秘密约会点，神神秘秘地感觉在"偷情"。

自从两人恋爱后，很少在公开场合一起出现。有一次顾凌风把车开到沿河路，两人出来透透气。这个位置很偏僻，路边有三三两两的茶水摊。他们正准备选一个位置坐下，就发现有个销售部的业务员正坐在前面，看见他们赶紧起身打招呼，还笑着说："你们二位不是在谈恋爱吧！"

顾凌风笑笑，没有承认也不否认，倒是夏雪霏赶紧松开顾凌风牵着的手，跟那人说："瞎说什么呢，我们刚去见了客户，回来路过这里。"

回来的时候，顾凌风说："你干吗否认呢，难道跟我谈恋爱很没面子！"

夏雪霏说："你不知道被人发现了，我们就得有个人离开吗？"

顾凌风说："离开就离开呗，这里的待遇虽然不错，但压力也很大呀！"

夏雪霏冷笑："在哪儿工作压力不大，特别是你，作为男人，应该比女人更以工作为重心呀！"

顾凌风笑，却看她一本正经绷着脸，有些想戏弄她："就是啊，我是个男人，将来是要养老婆的，肯定不能失业。干脆你辞职吧，我看你身体也不好，干着也挺辛苦的。"

夏雪霏立刻脸色大变，她生气地说："为什么是我，我走到今天这个位置容易吗，你为什么不考虑我的感受！"

她心里乱糟糟的，觉得非常委屈沮丧，懒得听顾凌风的解释。

恰好车正好过红灯停了下来，她拉开车门就跑了，留下顾凌风一个人在那张嘴欲言，最后只能苦笑着摇头。后来他给她打电话，打了几次，都没人接，其实夏雪霏一直都拿着手机，看到是他的号，心绪很复杂，索性不接，让彼此冷静一下。女人都是情绪化的，很多莫名其妙的突发想法，就会如海面上的浪花，一波接着一波，让人琢磨不透。

3

夏雪霏和顾凌风斗气，她自是不愿意服软的，而他总是乐意说好话，嘻嘻哈哈几句话下来，便能把她逗笑。但是这次夏雪霏却有些真的生气了，她这个人原则性很强，太在意工作对于自身价值的重要性了，而且她的性格有些时候过于强硬。这既是一个优点，也是一个缺点。

一连好几天，她都不愿意好好跟他说话，除了工作上的事情，连正眼都不愿意看他一下。恰逢廊坊开拓了新的市场，顾凌风需要出差几天，临走前想跟她沟通一下也没有机会。私下里她根本不接他电话，要么用一句"我很忙"打发了他。

顾凌风走的这几天，她心里非常纠结，情绪糟糕透顶。那几天，他没有再给她打电话，短信也没有，她心里顶着一股子气，又变得无比沮丧起来。

等到顾凌风回来那天，她恰好有个去上海出差的任务。本来是可以向后延期一天的，但是她为了赌气，他是下午三点多回来，她便选了上午十点钟的航班，等他回到天津办的时候，她已经到了上海。

只是千算万算，还是漏掉了一件事。那几天恰好是她的生理期，自从到了天津后，每个月的那几天她都会腹痛如绞，去了好几个大医院都看不出所以然，那些专家们一致的说法是生理原因，等以后结婚生了孩子就会慢慢好的。

后来还是顾凌风帮她打听到一个乡下的老中医，那个头发发白的老先生专门为她配置了两盒乌鸡白凤丸。她原本以为和市面药房卖的没什么区别，因为这种药她吃过不少，根本没有效果。

老先生告诉她："我配制的中成药大部分原料是自己栽种的，和市场上不能同日而语，姑娘，你试试就知道了。"

她抱着试试看的态度，在生理期的时候，吃了两颗，果然疼痛大减，大觉神奇。

但是这次走得匆忙，居然忘记带药了。

腹痛是在当天晚饭时候开始的，她大汗淋漓，晚饭还没吃上几口，就忍不住提前离席回到宾馆。这时顾凌风的短信来了："你怎么也不跟我打声招呼就走了，还在生气吗？"

她不想理他，便没有回话。过了半晌，他又打了过来，她接起，那边便开始追问："为什么不回话？你现在在干什么？"

她一手捂着肚子，一边没好气地说："出差又不是出来玩。"

他听出她声音里的不对劲，立刻追问到底怎么了，她这才委屈地说："生理期到了，肚子痛的要命，走得匆忙，忘记带药了。"

他哦了一声，安慰了几句，便嘱咐她多喝点白开水，赶紧休息一会。

她有些不爽，以为他会心痛不已，没想到表现得如此平静。不过两人这会儿相隔太远，也无法指望他能在身边嘘寒问暖。

她只得怏怏躺下，整个人蜷曲起来，这样才能好受一点。迷迷糊糊中，她感觉非常的忧伤，不仅仅是因为疼痛，更多的是疼痛引发的那种无助和渴望爱与安抚的感觉。

仿佛睡了很久，门铃忽然响了起来，她睁开眼睛瞄了一下床头的手机，已经凌晨一点钟了，这个时候，服务员查房？

到底还是极不情愿地拉开门，居然看到了顾凌风。她怀疑自己的眼睛，使劲揉揉，确定没错！

他心疼地拥住她，拿出一瓶药说："还不请我进去吗？"

从天津到上海，飞机需要两个小时。看来他是挂断电话后，便带了她的药，赶了最快一班航班，马不停蹄赶到这里。她还以为他对自己漠不关心。想到这里，她眼泪溢满眼眶，但又破涕为笑！

他刮刮她的鼻子，爱怜地扶她重新躺下，倒了杯水，伺候她把药服下。而后坐在床边，两个人就这样相向而对。

她这才发现，他的眼圈发青，想来是上午才刚刚开车返回天津办，下午需要处理一些公司的琐事，到了晚上，又要赶航班。

后来，他要求她快点休息，他躺在她的身边，为她轻轻揉着肚子。也许是药力起了作用，也许是心理上的安慰，她觉得慢慢没有那么痛了，他的手缓慢而有力，让她很快进入了梦里。

很久之后，她一直都会怀念那一晚的温情。她觉得那也许是一个女人一生中最温暖的夜晚，如果时光能够永远停留在那一刻，该多美好啊！

　　第二天一早，夏雪霏需要去参加一个很重要的研发会，而顾凌风也需要返回天津，尽管非常不舍，两人还是依依惜别。

　　半夜从天津飞到上海，早上再从上海返回天津，只为给她送瓶药，换成是她，她会吗？她问自己。

　　研发会的主要内容是关于下半年的销售计划和产品类型，这对于夏雪霏很重要。天津的市场一直不稳定，她需要用业绩确立自己的地位。

　　返回天津后，夏雪霏便把会议的内容简单向顾凌风汇报一番，同时也说出自己的想法："公司新建的厂区从美国挖了一个工程师，新设计了一款儿童笔记本，造型和性能都非常好。我想从天津打开市场，不知道你有什么提议。"

　　顾凌风明白她的意思，是想让自己预先跟公司作出申请。他考虑了一下，觉得这个想法好是好，只是那款产品暂时还在研发阶段，提前造就预售的模式也许有些冒险。只是他不想打击她的积极性，同意和总部沟通。

　　两天后，顾凌风告知总部同意产品批量生产后由天津办预先打开市场，让他们提前做出相关的市场分析和销售计划。

　　夏雪霏很开心，她和米莉加班把详尽的计划书做了出来，交给了顾凌风。她说："以前安承言还在天津的时候，很多事情我们都畏首畏尾，如今是大展拳脚的时候，希望下个季度的东区总结会，能在天津召开，我也算是扬眉吐气了。"

　　顾凌风想起有个私交很好的客户是电视台的广告部主任，他跟夏雪霏说："如果你想业绩更上一层，就得在产品进入市场之前把

相关的宣传做好。我会约电视台广告部的人吃饭，提前预定好黄金时段。"

顾凌风让她制定好促销策略，并帮着修改了相关问题，而后两人约了广告部主任一起吃饭。那个主任喜欢喝北京二锅头，顾凌风提前准备充分，让人带了两箱子，把那个主任喝得躺在沙发上大呼过瘾。酒桌上谈事，就是容易，这是中国人的通病。

主任极力承诺，会安排晚上八点档的时间播出他们的广告和专题。事情谈得非常顺利，夏雪霏很高兴，仿若成功在望。

那段时间，两人相处得非常好。尽管公司有些人已经看出一些端倪，不过夏雪霏也没有那么刻意的避讳了。从前总觉得工作的分量比爱情更实在，更有价值，其实现在才明白，爱情永远比工作更让人身心愉悦。

办公室恋情固然是大公司比较忌讳的，如果两个人的工作都非常出色，相信老板也愿意睁只眼闭只眼。

她开始对前景充满了幻想和展望。

好景仅仅持续了两个星期。那天他们下班后一起吃饭，之后，顾凌风提议去他家，她也同意了。

一进门，顾凌风先是用遥控器打开电视，而后微笑着把手伸过去揽住她，两个人同时摔到沙发上，他的亲吻和气息也扑面而来。她伸手推了推，娇嗔地说："别闹别闹，先去洗澡吧。"

这时，电视里正在播放一则广告，好像是本地台。顾凌风听到声音只看了一眼，笑容便凝住。夏雪霏发现不对劲，正准备说的话也随之顿住。她看了一眼他，他面无表情，而后她再次去看电视，确实是一则广告，是关于一款新的儿童笔记本的促销的。猛然一看，几乎令她惊呆，这是 NR 公司的广告吗？

夏雪霏感觉浑身发凉，因为此时她看到和听到这款产品的造型和主题创意，与他们即将推出的新计划惊人的相似，相似到不可思议，甚至可以说那就是一模一样。

推出这广告的，正是与 NR 早有恶战的竞争对手，一家以不择手段著称的本地私人企业。该企业在本地工业城算是龙头老大，拥有非凡的规模和一定的市场地位。

也就是说，之前顾凌风满怀信心地告诉她的那个好消息，已经没戏了，他们的企划创意被盗窃了，他们的计划也被全盘打乱了。

盗窃者非常高调，并对这次成功的盗窃感到得意洋洋，选了电视台的黄金时段，赶在他们之前抢先播出。

从顾凌风和她商谈这个计划，到与电视台广告部的接洽，距今也不过短短的半个月时间，对手实在太快了。

对手公司的老总他们都认识，对他的发迹史和卑劣的商业手段也早有耳闻。据说他很有背景，最喜欢做的事情就是从外地招商引资，当外资引进落成后，便以各种手段抵制打压，让别人在本地无法经营发展，而后他再去低价接手。

对手背景盘根错节，更倚凭本地优势，毫无商业道德和底线，很多大的企业和商家都中过他的阴招，最后的结果往往不了了之。

这些前车之鉴，顾凌风不是不知道。他目不转睛地看完广告，而后沉默了许久，脸上一丝表情也没有。

突然产生的变故让两人没有了一点亲热的情绪，顾凌风接连拨

打了几个电话，要么无人接听，要么得不到想要的答案。

　　他变得非常烦躁，在屋子里来回走动，脸色发青，脑门上的青筋直蹦。后来，他挥挥手，淡淡地说："雪霏，你先回去休息吧，明天还要上班，这件事情，估计明天上午就能见分晓。"

　　夏雪霏明白问题的严重，她什么都没有多说，拉开门离去。一场原本精心酝酿的良宵就这样泡汤了。

第九章　人心经不起考验

1

全面调查信息资源、了解对方动向、清查泄密途径，尽管处于被动局面，顾凌风仍在第二天上午就查清了所有的来龙去脉：这项儿童笔记本的创意和策划方案是从电视台广告部泄露出去的。

顾凌风之前联络的部门主任在一周前出了车祸，送到医院后一直昏迷不醒。副主任一直觊觎这个位置，趁这个时机立时接手了所有的业务往来。他在翻阅主任文件的时候，无意发现了这份创意计划。当时顾凌风只是把这个计划让主任拿去详阅，以便商谈更完善的计划。

副主任原本和对手公司的老总是同学，此时忽然发现有了一个跟对方拉近关系又不损失自己的机会，立时把那份创意计划书交给了对手公司。

其实到目前为止，该款产品对方仅仅出厂数百台而已。

对方一直都在模仿 NR 的产品套路，熟知 NR 前期产品的市场定位，对方公司这次获得更多创业方面的资料，不管前期能投入生

产多少，只管在第一时间把创业促销方案提前向公众和市场宣布，同时也宣示了他们的独创和优先。

尽管如此，这也将是 NR 天津办市场的一个致命失误。

果不其然，当天下午还未到上班时间，北京总部就来了电话。大老板朴永志大发雷霆，劈头盖脸把顾凌风训斥一番，指出他要对这次的失误负起全部的责任，要求他先停职休假一段时间，等公司高层决议后通知。

也许问题最后的结果并没有那么严重，但是在大老板眼中，新产品的销售计划泄露，不仅仅表示 NR 不能创新，即使产品再好，也成了步他们的后尘，跟他们的风。更会让外界感觉公司内部动荡不稳，这会引起一系列不小的变故。

下班后，顾凌风把这个坏消息告知了夏雪霏。他一副无精打采的模样，夏雪霏安慰他说："这样也好，整日奔波，找个时间休息下，就当养精蓄锐吧。"

顾凌风苦笑，说："我今天脑子很乱，好像从来没有这样失败过。"

夏雪霏想想也觉得有些纳闷，因为在她印象中，大老板一向英明，不会这样不辨是非，把全部责任都推到顾凌风身上，而且这个处理也有些过于小题大做了，明摆着让顾凌风难堪嘛。

顾凌风叹口气，简单跟她分析了一下当前公司内部的矛盾和动荡的形势。

在 NR 进入中国市场之初，副总裁安承言一直是大老板朴永志最贴心的事业伙伴。公司市场份额和规模扩大之后，猎头公司挖来胡一品，初来乍到的他雄心勃勃，一显身手，NR 有一半的市场是在他领导下扩展的，所以非常受朴永志的重用。

公司高层内部自然而然就形成了两大派系：一派以胡一品为首，另一派大多是安承言的亲信。两个派系的员工，表面上大家和平相处，暗地里双方都在较劲。大老板是一个有着恢弘气魄和卓越才干的人，他明里暗里洞悉一切，深谙其中利害关系，以高超的手腕驾驭、利用、分化着两派之争，巩固了公司内部机构的稳定，充分体现了一个企业家的高明。

他采取了不偏不倚的中立态度，一把尺子量到底，对两派的人均委以重任，使安承言和胡一品在长时间内保持着微妙的平衡，两个人地位权利都无法独大。而安胡两人为了巩固自己的位置、扩大势力，一直都不断地为公司的创新和发展不懈努力着。

朴永志深知安胡各有所长，他结合个人能力，量才使用。让胡一品分管销售和人事，因为胡一品毕业于美国哈佛大学，曾经在一家美国上市公司有五年的管理经验。安承言分管财务大权，不仅仅因为他是公司元老，也因为同为韩国人，更多了一份亲信。

而今安承言过于骄奢贪婪独大，最终被迫回到韩国，但朴永志为了防止胡一品一派独大，继而做了两个权衡利弊的措施，首先就是重新任命了新的副总裁来分管财务，继而分化一部分胡一品的权利，让他全面负责新厂区的进程和产品的研发，同时把分管人事的职权交给其他人。

这样一来，看似更加重用了胡一品，实际上颇有明升暗降的意味。谁都知道新厂区的建立和巩固，以及产品的研发绝对不是一件简单

的任务，劳心劳力，费心费神。如果做好了，一切顺利，算得上大老板慧眼识英才，接下来更要再接再厉。可是如果办砸了，就会影响自己的前景和眼前的地位。这绝对是一块烫手的山芋。

安承言的失误造成了公司派系之争的平衡被打乱，剩下胡一品一人独大，这是任何上司都不愿意看到的。大老板拿顾凌风开刀，是杀鸡给猴看，是为了重新平衡局面。

顾凌风的错误，原本不算什么，更何况直接责任并不在他。可是他偏偏撞到了大老板在分化胡一品一派权利的时候。谁都知道，顾凌风是胡一品一手提拔的，这个时候，他真算是撞到了枪口上，心里有委屈也只能打落牙齿吞到肚子里。

那段时间，顾凌风的情绪非常不好，开始是昏昏大睡，也不知道到底睡着没有，后来便成天成夜的打游戏。夏雪霏看着心里也不好受，她提议说："要不然你干脆辞职吧，随便去哪个公司都能谋一份不错的工作，何必如此憋屈？"

顾凌风笑道："这样不更说明是我做贼心虚，大家更认定企划部的文件是我故意泄露出去的吗？原本大老板牵制胡一品的烟幕弹更被坐实了，更何况我要是走了，让胡一品置身何处，这不是在搧他耳光吗，这种事情我做不到！"

夏雪霏被顶得哑口无言，心里也闷闷不乐，只好由着他。

每次去看他，他都在电脑前狂打游戏，在里面拎着刀挥舞着到处砍杀，把自己搞得满面憔悴，眼睛通红，嘴唇发焦。他居然还开始拼命地抽烟了！

夏雪霏给他带了外卖，他连看都不看一眼，说不想吃，没有胃口。跟他说话，要么爱理不理，要么就是充满了火药味。

对于他这种不思进取，不求上进的状态，夏雪霏有些失望。但是想到他一个人呆在偌大的屋子里，麻木而落魄，不知他的家人又在哪里，除了自己，无人过问他，又不禁同情起他来。短短几天，他原本清瘦的身材变得更加消瘦起来，脸色憔悴，眼窝深陷，胡子拉碴，洒脱爽朗的笑容很久没有再出现了。

她的心里突然就像被谁揉了一下，酸酸的不是滋味。

此刻面对他，她心情非常复杂，在失望之外，还有更多的怜惜！与此同时，暗暗滋长的还有一份茫然和烦躁。她在为他黯然神伤的时候，也不停地拷问自己：这就是你想要的男人吗，如今和高富帅的标准相差十万八千里了。转过头，她又有些自责自己的世俗和没心没肺，那些跟顾凌风在一起温馨惬意的时光像电影里的片段那样闪现出来，让她既感慨又忧愁。

那天晚上，夏雪霏强制把顾凌风拉出屋子，她说："你要是再不出门，就不知道天空到底是什么颜色的了，你应该出来放松下心情，看你瘦得不成样子了！"

顾凌风那辆改装的 A6 一直停在公司楼下的车库里，两人出门后打车到了海边的一个渔家吃饭。这里清一色的海滨装修风格，背后靠海，门口统一配置的绿色遮阳棚，有一股独特的气味，很多人都喜欢来这里吃饭，主要也是为了放松心情，感受下大自然的气息。

顾凌风一直放不开心绪。夏雪霏问他想吃什么，他说随便；喝点什么，也是随便。

简单点了点东西，顾凌风并没有怎么动筷子，好像他是神仙，

不需要食物，只是不停地喝酒。她想阻止，又清楚地知道，他此刻需要发泄，尽管由他好了。

大约喝了半打啤酒，他起身要去卫生间，她有点不放心。远远跟在后面。

经过广场的时候，顾凌风的眼神忽然停到了一辆尾号为 888 的陆虎上面，他的脸上泛出愤恨的神色，抬腿狠狠剁了几脚。陆虎发出警报，旁边不远处有两个彪形大汉立刻站起身，恶狠狠地跑过来。

夏雪霏见势不妙，赶紧伸手去拉顾凌风，嗔怪地问他："你干吗，好好的拿别人的车出什么气？"

他冷冷地说："你知道这是谁的车吗，我就是把它砸烂了也是活该！"

夏雪霏还没来得及多想，那两个男人已经大踏步走过来，直接追到他们吃饭的桌子旁。其中一个伸手狠狠推了顾凌风一把，气势汹汹地说："你活腻了，李总的车你也敢动！"

李总？夏雪霏忽然明白顾凌风何以如此动气，因为李总正是对手公司的老板！

顾凌风也不说话，伸手从桌子上抓起一瓶未开的啤酒，朝那家伙头上狠狠拍了下去，仿若要把多日来的怒火都砸上去："狗仗人势！"

"哗啦"一声，那人没有提防，一下子被砸个正着。酒瓶崩碎，有一片碎片擦着夏雪霏的脸边滑过来，她一下子跳了起来。

那个人已经捂着头蹲了下去，鲜血从他指缝里出来，他晃了几晃，咚的一声，倒了下去。另外一个人一边手忙脚乱去捂他的伤口，一边回身喊人："你们几个快过来，老三受伤了！"

夏雪霏吓傻了。顾凌风这时却忽然清醒过来，他冷静地说了一声："走！"一拉她的手，飞快地从渔家饭店里面穿进去，那几个人已经鱼贯着追了过去，其中有两个人从腰里抽出了锋利的短刀。

渔家的后院有很多房间，顾凌风拉着她跑进其中一间后把门从里面锁住。她已经乱了方寸，他贴着她的耳朵小声说："别出声，这几个人里有李身边的四大金刚，据说都是在外面有案底的人，被他们抓住会生不如死。"

她的心咚咚直跳，浑身发抖，牙齿上下磕着说："我们报警吧！"

他冷笑一声，声音异常平静地说："警察来了怎么说，我伤人在先，必然会留案底的。"

她说："那怎么办，他们一间间找，总会找到这里来的。"

他回过头，看着她的眼睛，指着窗外泛着磷光的海水说："只有一个办法，我们跳到海里，潜到别处上岸，现在下海游泳的人还很多，他们分不清谁是谁。"

她怔怔盯着他，脸色苍白地说："我不会游泳。"

这下，他的脸色变了。这时外面传来酒瓶倒地的声音，还有人用脚踩门，在楼上楼下的搜查。她隐在门后，抬起头，全身血液几乎凝固。窗外有人影在晃动，还有人趴在玻璃上往里看。她几乎要哭了出来，闭上眼睛跟他说："你快走吧。不要管我了。"

他没有回答，眼睛一直看着外面，声音越来越嘈杂，隐约听到有个恶狠狠的声音说："找到他们，立刻打残！"

她绝望而慌乱地靠到他身上，浑身不停抖动。她从来没有遇见

这样的事情，这种场面大约只有电视剧里才能看到，没想到现实中居然真的有黑恶势力存在，怪不得那个姓李的敢在商场上如此的嚣张和狂妄。

他说："雪霏，我希望你能平安。"黑暗中，他的语气很平静，却也有股大义凛然的决绝。而后他拿出手机拨通了110。

七分钟后，就在有人猛烈跺门的时候，有警笛声在外面响起，屋外的那些人立刻骂骂咧咧作鸟兽散，夏雪霏终于松了口气，虚脱地昏倒在顾凌风的怀里。

2

等她醒来的时候，是在派出所里。她躺在顾凌风怀里，旁边坐着渔家的老板和两个服务员，有年轻的警员正在做笔录。之后的细节，她一直混混沌沌，大脑有短暂的记忆短路，好像是助理米莉把她接回住处，很多片段都隐隐约约记不清楚。

顾凌风在两天后被公司委派的律师交了保释金后，取保候审出来了。公司所有人都知道，大家私下讨论最多的是他会不会留案底，大老板最注重公司形象，如果留下案底，估计他之后很难在公司立足了。

顾凌风出来的那天，夏雪霏需要安排一场很重要的会议，没有去接他。晚上，她去他家里看他，发现他整个人又憔悴不少。她看着有些心疼，但是还是忍不住责怪他说："你不该那么冲动，明知道得罪那些人没有好处，怎么不控制自己，这不是你的风格。"

他坐在沙发上，心不在焉地听着，也不回声，好像当她透明一样。其实他心里也很苦闷，这段时间他的家里出现了一些问题，那个人一直在要求他去北京见他，他心里有很多的怨恨和委屈，想要发泄却无法从那个人身上找到出口，才一时控制不住情绪，导致这些事情发生。

可是这些情况，他无法跟任何人言明，也不想让夏雪霏知道，索性闭口不言。

她心里余惊未消，又有些恨铁不成钢。他又不是第一天进入职场，她只是想点醒他说："商场不是武侠小说里的世界，商场只有利益。我们都不是大侠，没有谁会认可你的快意江湖，闹得如此沸沸扬扬，只能给自己惹来无尽的麻烦。"

他淡淡地看了她一眼，微微闭上眼睛，不愿意再说一句话，让她忽然心里又内疚起来，明明这一切都是因她而起。如果不是为了帮她更加完善地制定下个季度的任务，他根本不需要亲自去和电视台的广告部联系。东大区并不仅仅只包括天津，河北省的大部分城市都需要他的监督和指示，他完全是为了她。

在被那帮人追杀的时候，他完全可以自己跳海逃离的，但是她不会游泳，他没有抛下她独自逃生，而是选择了报警，他依然是为了她。其实他确实是可以托付的人，对于一个女人来说，无论任何时候，还是渴望一个男人能保护自己。尽管他有些冲动，但是到最后还是为了保护她，而让自己陷入了尴尬的境地。

这样想来，她又有些心虚，两个人都沉默了。过了好一会，顾凌风忽然说："雪霏，我觉得好累，我想离开 NR，回杭州老家，

如果你愿意，我想带你去见见我的母亲。"

　　夏雪霏愣了一下，脑子里立时有一百个念头转起。她知道顾凌风这样说是什么意思，表明他一改当初不婚主义的思想，愿意把她介绍给家人认识了。这原本是个好的开头，如果放在以前，她会很开心。

　　可是此一时彼一时。她不是当初那个渴望找感情依靠的小女孩，而他也不再是英俊多金、自信潇洒的那个人。她变了，变得更加的清醒与功利，而他也变了，变得毫无特色和自信。

　　这个时候，她是不可能给他任何承诺的。她淡淡地说："之后你又有什么打算呢？"

　　顾凌风说："我可以在杭州开一家画廊，不需要算计和厮杀，本本分分地平淡过一生，也许比现在更好！"

　　夏雪霏冷笑："你的理想呢，你的目标呢，你在外国学习了这么多年，居然只领悟了与世无争的哲学。与现在相比，我更欣赏当初不婚主义的那个男人！"

　　顾凌风脸色变了变，随即说："既然如此，我们之间还是先冷静一段时间吧。"

　　夏雪霏呆了一下，说："好，既然你已经提出来了，我也不多说什么。"

　　夏雪霏走后，顾凌风的心一下子凉了下来。其实这段时间，他非常渴望得到她的安慰与支持，但是她却总是冷嘲热讽，他也不过是赌气提出冷静一段时间，没想到她居然一口答应，让他非常地痛心。

　　不过，他回过头想想，觉得这也是情理之中。当初，他不也是在一夕贪欢后跟她提出自己的不婚主义吗？只是人的想法都会改变，爱一个人也是不知不觉的事情，特别是在男人失意之后，品尝到失败和打击的滋味后，才懂得去珍惜和拥有，才忽然更加渴望家的温暖与充实。

而夏雪霏一早就表明自己需要的是一个高富帅，不是落魄男，这能怨谁呢？现实中的爱情只有锦上添花，没人会给你雪中送炭。这也是夏雪霏最真实的地方。

夏雪霏的工作开始了一段繁忙的时期，有一批新的客户正待开发，一连好几天，她都没去看顾凌风。那天晚上，她抽空去看他，敲了半天门也没人应声，猜想顾凌风不会是出门了，更多的可能是睡得太沉了。她拿出备用的钥匙，打开门，听到卧室里有电脑游戏的声音。

顾凌风正带着耳机热火朝天地玩游戏，对外界的一切充耳不闻。她站到他身后许久，默默地看着他。他知道她来了，但是懒得回身，也不想说话，只是不停地在游戏里狠狠地砍杀怪物。

夏雪霏忍不住，把他的耳机取了下来，问他："一起出去吃饭吧？"

顾凌风默默地看了她一眼说："我吃过泡面了，还烧了壶开水，你要喝自己倒去吧！"

夏雪霏摇摇头说："我只是来看看你的，总待在屋子里会憋坏的，空气又不好，咱们出去走走吧。"

顾凌风冷笑了一声说："要是在外面遇到了公司的同事，你该多尴尬，特别是我现在停职放假了，如果被人知道你跟我谈恋爱，

你不是更没面子。"

夏雪霏气结，说："你这人讲点良心好不，我让你出门不也是为你好。我知道你心里有火，也不能往我身上撒呀！"

顾凌风闻言顿了顿，半晌，颓然说了一句："雪霏，我觉得自己非常累，心好像一下子老了几十岁，对不起！"

夏雪霏一下子又伤感起来，她知道他是为了帮助她，才那么急迫地去操作下半年的销售计划，在条件还没有成熟的时候，导致企划方案提前泄露了出去。她明白，他确实是在用心爱她的。

可是如今他却变得如此的颓废，她的眼泪忍不住落了下来。不想让他看见徒增伤感，便转身，深吸一口气说："我还要加班，先走了，你自己保重！"

她知道，身后的顾凌风虽然沉默着没有吭声，但是心里还是非常希望她能陪陪自己，只是成功的喜悦从来都不属于弱者，她希望他能够坚强起来。

过了一周，顾凌风给她打来电话说："明天我会去北京参加总部的会议，可能要过段时间才能回来。"

夏雪霏问："大老板发出赦免令了？你的休假结束了？"

顾凌风淡淡地回答："休假应该是结束了，至于赦免，不会有那么简单。大约会调到其他位置，薪水和待遇都会下调！"

夏雪霏略略有些失望，不过她还是嘱咐他说："凌风，我知道你是胡一品的人，只是公司高层的派系之争你不要陷进去太深，无法自拔，要超然，懂得明哲保身。"

顾凌风沉默了一下，没有回应她，轻轻挂断了电话。他向来注重感情，胡一品无论在工作上还是私下里，对他都非常照顾，关爱如子侄般。让他与他划清界限，也未免过于强人所难，他拉不下那个脸。更重要的他不是那种唯利是图、见风使舵的小人。

顾凌风走后，夏雪霏心里感觉空落落的，她觉得自己太过武断，又觉得一开始就不应该开始。

3

朱珠去北京参加培训了，夏雪霏暂时算天津办最大的领导人，很多事情需要她签字和最终抉择，这样一来就忙了起来。

米莉提醒她下午去见麦加贸易的老总，商谈一项对方代理的投标事宜。她当时大脑有短暂的停顿，之后又陷入无边的纠葛中，等到了见面地点，才发现来人居然是丁戴维！

丁戴维也很惊讶，因为之前跟他打交道的一直是劳拉，没想到这次居然是夏雪霏。算下来，两人快一年的时间没有见面了。

夏雪霏还在想要不要将丁戴维认出来的时候，他倒是很大方地伸出手说："真是人生何处不相逢啊，既然我们都是熟人，业务就好办多了。"

夏雪霏也只好被动地迎合着说："那是，那是。"

丁戴维在几个沿海城市都有分公司，NR 跟麦加一直有业务往来。夏雪霏递给他一套资料，两个人在有些尴尬的气氛中商谈起了投标的事情。

夏雪霏感觉如坐针毡，好不容易把具体事情确定下来。最后丁

戴维说："真是士别三日，刮目相看。你现在比之前多了一份果断和成熟。"

夏雪霏不冷不热地说："那要感谢生活给我机会磨炼。"这句话让丁戴维不好意思起来，他认为夏雪霏是在责怪当初他的不诚实和耍心眼。他说："雪霏，其实我当初也是爱之深恨之切，之后很长一段时间我都在怀念你。"

夏雪霏淡淡一笑："那也只能成为怀念，希望我们在今后的工作中能友好合作。"

夏雪霏对他已经没有任何的念想了，但是大家既然是合作伙伴，自然不能把话说得太绝了。只是丁戴维却不这样认为。

当初他们刚刚认识的时候，是他一手造就她在 NR 的成绩，而她对他是十分的钦佩和向往，一心想要嫁给他，想方设法取悦他，而今却客套地摆谱，这让他心里涌动起强大的征服欲。

其实他跟夏雪霏分手最直接的原因是他觉得她太过虚荣。之后他又谈了两三个年轻的女孩子，她们无一例外都是爱慕他的身价钱财，而他也渐渐明白，自己谈感情的前提何尝不是青春美色，大家各有所求，谁也没有资格批判谁。

相对而言，夏雪霏更为直接一些，她不过是想找一个更优秀有实力的丈夫，并为之努力和争取，想嫁入豪门是许多女人的梦想，这并不可耻。

我们都渴望获得除金钱名利之外的真情，可是，我们都不愿意预先拿出真情来交换。

离开的时候，丁戴维有意想复合。他问夏雪霏："我会在天津停留几天，有空请你喝咖啡不会拒绝吧？"

夏雪霏说："当然不会。"

第二天晚上，丁戴维就想约夏雪霏，又担心她拒绝自己很没面子，便叫上其他两个公司的经理，说是介绍人际关系给她，夏雪霏自然不能拒绝。大家在一起吃了一顿饭，结束后她很客气拒绝了丁戴维送她回去的举动，自己打车离开了。

夏雪霏回到家，拿出手机，看到有两个未接电话，都是顾凌风打来的。她想打回去，又觉得太累了，不想再聊出什么闹心的事。

丁戴维感觉到夏雪霏对自己的冷淡，他知道一时半会还不能让她回心转意，便决心来个持久战。他这种男人对于越是得不到的越想得到，其实，他自己也不清楚，如果真的能重新开始，他似乎没有考虑给夏雪霏一个婚姻，他只是想要征服和占有。

很多男人都是这样，愈是容易得到，愈不愿意珍惜，愈是得不到，愈是费尽心机。他不要的东西，丢到垃圾堆也不愿意被别人捡起。

原本打算在天津停留两天时间的丁戴维，拿起电话打给自己的助理，告诉他自己临时有事，要多逗留几天，又交代了一些相关的事宜。

在竞标结果公布的前一天，夏雪霏主动给丁戴维打了一个电话约他吃饭，她不愿意打没把握的仗。虽然她不愿意跟丁戴维再有牵连，可一切为了工作，还是要勉为其难。

丁戴维像个老谋深算的军师一样，早就料到她会为了竞标的事主动联系他，很愉快地答应了。

这次只有他们两个人，丁戴维索性打开天窗说亮话："雪霏，

你一直是我比较欣赏的那类女孩，你也知道我一直都愿意关照你！"

夏雪霏说："我知道你很关照我，不过我更愿意好好工作！"

她不卑不亢，倒让丁戴维觉得很尴尬。他笑笑说："你不觉得我们在一起会有一种强强联合的感觉吗？我相信以我的能力，一定会让你在 NR 坐到你想要的位置。"

夏雪霏觉得他太看低自己了，当初他一直是这样看她的，他对她的提点、帮助，是因为觉得她无能，需要依靠别人。不，不，不是那样的，她爱那个人才会愿意去依靠他，这种居高临下的施舍，或者说交换，她不需要。

丁戴维继续说："你也知道这次竞标中，我公司不止代理 NR 一家公司，虽然 NR 实力很强，还有一家公司跟你们旗鼓相当，如果你愿意，麦加以后可以以最优惠的条件和 NR 天津办合作。"

话说到这个份上，已经很明白了，他的意思是用夏雪霏跟他在一起换取以后 NR 天津办在麦加外贸的首席客户权，夏雪霏很不高兴："我觉得这原本是两码事，不应该牵扯到一起。如果你公司的业务都是这样来运作的，我相信也不会有今天！"

丁戴维说："那是自然，我是个商人，永远会把商业利益放在第一位，但是这次却例外，因为我喜欢你，不能忘怀！"

夏雪霏说："丁总，真是对不起，我必须要说明两点，第一，我们之间的合作，属于工作来往，我希望你我都能公私分明；第二，对于以前的事情，我早已忘记，我不会为了业绩去做违心的事情，我相信你想要的也并不是一个满怀心机的女人。"

丁戴维定定看了她一会，而后颓然垂下头，许久，他叹口气，却没有抬头，只是挥挥手，低声说："你走吧。"

夏雪霏回去后，感觉非常沮丧。跟丁戴维的谈话明显很失败，看来他一定不会选择 NR 了，这样一来，这单业务会从她手里流失。固然这里夹杂着不足为外人道的私情纠葛，可公司的高层会怎么看，他们才不会管个中理由，他们要的是结果。

本来想给顾凌风打个电话的，又不想把那种丧气的感觉也传递给他，索性拉过被子盖住头，是死是活就看明天结果，现在担心也是没有用的。

第二天下午竞标结果出来，出乎夏雪霏的意料，NR 居然成功中标。她坐在办公室听到米莉在电话中兴高采烈的声音后，愣了好几秒钟才回过神来。她不明白丁戴维到底是什么意思，按说自己让他失望了，以他那种性格，大可以选择另外的公司，只需要暗中小小操作一下，NR 就会落单，这种事情，他一句话而已。

她坐在那里想了许久，一直到下班，手机响了，一看居然是丁戴维打来的："我明天一早返回深圳，想跟你告别一下。"

她没有理由拒绝，便答应了一个小时后见面。丁戴维要求她去他酒店的房间，她觉得不妥，改成在酒店一楼大厅休息间见面。

她回去随便吃了点东西，一看时间差不多，便赶了过去，丁戴维早已等在那里，还帮她叫了咖啡。

丁戴维说："雪霏，明明知道你肯定会拒绝，我还是想最后一次重申，我喜欢你，希望你能再认真考虑一下。"

夏雪霏说："谢谢，我已经考虑很清楚了，我们不谈这个问题好吗？这次我要谢谢你给 NR 天津办的机会。"

丁戴维说："我约你来，不是谈工作，是谈我们之间的事情的。你也知道，我身边不缺女人，我也很难用这种态度和耐心去对待一个女人！"

夏雪霏轻轻摇头说："如果换成当初的我，也许觉得这是个嫁人的大好机会，会毫不犹豫地答应。但是，那样的女人在你眼中太过势利庸俗，当我能够不再浅薄和幼稚的时候，自然也不会把依靠一个男人当作自己的目标和事业。"

丁戴维有些伤感地看着她。他知道自己不必多说了，其实这也是他打电话约她之前就已经想到的了，只是有些不甘心而已。

他说："不管你当初有没有爱过我，时至今日，我觉得愧对你，我们分手，你并没要我一分钱！"

他想起了夏雪霏之前和之后所认识的女孩，她们哭哭啼啼，但是，一张支票就能破涕为笑。

夏雪霏耐心地跟他说："我真的不恨你，你也给予了我很多。你教会了我怎样在职场站稳脚跟，你给了我照顾，教会我走过青涩的岁月。我一度很感激你。"

她接着淡淡一笑："要说没有怨恨那是假的，我也交付了热情、身体和时间，煞费苦心，只是如今看来，大家各取所需，各有所得，遗憾也是难免的。感情里是没有回头路的。"

丁戴维起身，说："我能拥抱你一下吗，我希望用这种方式冰释前嫌，以后做朋友！"

既然没有爱，做朋友也是好的，只是那些纠葛和伤痛纵然过去，在心底还是留下伤痕的。夏雪霏并不想跟他做朋友，只是人在江湖，如何能不圆滑世故。她起身，与他轻轻拥抱，感觉他身体有些微微的颤抖和隐隐的叹息。之后，他拿出一只黄色的玉镯轻轻塞到她手里说："这是我在香港买的，当初预备送给你，但一直没机会，后来也没有合适的人可送，就当留个纪念吧，只是个小玩意。"

夏雪霏没有多想，看着他期待的眼神，她很大方地将玉镯戴到手腕上。他有些伤感地看着她说："再见！"她说："再见！"

而后他转身走入电梯，留下夏雪霏一个人坐在那里。等她起身的时候，眼角余光忽然看到落地窗外好像有个熟悉的身影，顾凌风。等她回过头来再看，什么都没有，她疑心是自己眼花了。

回去后，她第一件事就是给顾凌风打电话，是关机的提示，她一连打了几个都是如此。她更加怀疑，那窗外的身影到底是不是他！

晚上她看了一会电视，里面有一段对白：江湖里，能杀死人的，往往不是刀光剑影。

忽然很有感触，职场上也是如此，杀人的，往往不是真正的刀光剑影，而是隐藏在暗处的处心积虑和笑里藏刀。

而爱情也如是，往往不是我们不爱，而是无法容忍和迁就对方的心思，彼此太过争强好胜，败给了彼此各不服输的赌气与误解。

第十章 人生若只如初见

1

夏雪霏隐约看到窗外的那个人，确实是顾凌风。

顾凌风到北京除了见胡一品以外，还递上了辞职信。副总裁胡一品自然不愿意接受他的辞职，把他叫到自己办公室微怒着说："凌风，为什么？要知道你做到今天这个位置很不容易，很多人都眼巴巴地看着这个职位。你在天津的事情，我也知道一些，虽然有些过于年轻气盛，但是这件事情过段时间就会平息，你不要枉费了我对你的期望！"

顾凌风早知道他会有这样的责问。他很抱歉地说："胡总，事出突然，我没来得及跟您商量，你也知道我家里的情况……目前，我父亲住院了，不管怎么说，我是他唯一的儿子，这个时候必须得站出来料理一切！"

胡一品这才放松了紧绷的脸说："哦，是这样啊，那你是该尽孝心了。你父亲目前怎么样？"

顾凌风黯然："开始是肝部疼痛，一直没在意，等到医院检查的时候，已经是中期了，医生建议手术，但是他自己要求保守治疗，目前住在 301 医院。"

胡一品这才明白顾凌风为何如此着急地辞职。他很痛快地签了字，并嘱咐一番，让他安心去照料父亲，自己近日也会去看望。

胡一品是少数熟悉顾凌风家庭背景的人之一。

顾凌风的爷爷在"破四旧"的时候藏了一些字画，靠此发了一笔财。顾父是恢复高考后的大学生，比较有经济头脑。八十年代末他开过古玩店，积累了一笔丰厚的原始资金，而后他开了一家收藏品投资公司，不仅经营古玩字画，还为海内外一些重量级企事业客户提供专业的高档收藏礼品服务，在北京颇有资历。

顾母当年是北京美院的毕业生。她有一批烙画作品在展出的时候，被顾父相中，而后两人相恋，结婚，生子。

顾母的家庭属于那种旧时的书香门第。她是那种典型的大家闺秀，样貌娇美，举止大方，只是骨子里的坚韧倔强。

顾父当初对顾母一见钟情，只是再美的女人也经不起婚姻之痒和审美疲劳。在顾凌风八岁那年，顾父有了外遇，被顾母发现，她不吵不闹，领着儿子回了杭州老家。

开始顾父主动求和忏悔，但是顾母属于那种对感情非常较真的人，拒不接受。时间长了，顾父无可奈何，只得任之由之。

顾母在娘家继续以画为生，除了儿子的抚养费和学费以外，她拒不接受顾父的任何馈赠，两人冷战了二十多年。顾凌风对父亲也没有好感，在母亲的影响下，他自小就养成了一种责任感，和对感情的认真。

顾凌风在法国留学的时候，学校里有很多中国留学生和外国女孩恋爱，其实也不过是贪图一时的欢乐，只有他不赶这个时髦。

从法国回来后，顾父让他去自己的公司上班，此时顾父的收藏公司已经上市，并且开了数家分公司。但是顾凌风拒绝了。潜意识里，他一直希望能再次见到那个表情冷淡、略带忧伤的一夜情女孩。他曾经在那家酒店的前台打听到她是以 NR 公司的名义入住的。

于是，他通过猎头公司进入了 NR，做了一名执行经理，没想到 NR 的副总裁胡一品跟他父亲是老朋友。胡一品通过一番选拔和考察后，提拔他做了市场总监。

在 NR 任职期间，顾父多次要求儿子回到自己公司帮自己，顾凌风也有多次的动摇。因为用顾父的话说："你是我的儿子，将来总得回来接手我的公司。"

只是顾凌风心里有委屈和气愤，因为母亲这些年深居简出，一心一意都扑在儿子身上，而父亲自从跟母亲分居后，身边换了多个情人。

他知道，母亲不是铁血冰人，很多次他看到母亲独自一人发呆。

他在出国留学前，曾给母亲建议："不如，我让爸爸来看看你！"他希望他们复合。母亲立刻勃然大怒："我就是寂寞死了，也好过跟他生活在一起！"他知道，母亲对父亲是有感情的，只是这感情之上，又压着太多的恨。

自此他不再提这件事，母亲跟他说过一句话："凌风，如果你将来遇见一个你觉得值得爱的女人，一定要深爱，不能辜负了她！"

顾凌风潜意识里的爱情观就是母亲教导的这句话：如果爱，请深爱。

这次父亲的病来势凶猛，等他接到医生的电话之后，赶到医院，父亲脸色憔悴，两眼无光地躺在床上。他发现正在照顾父亲的不是别人，正是口口声声不肯原谅的母亲。

他没想到的是，母亲二十多年都不肯原谅父亲，临了临了却要来照顾生病的他。他的鼻子发酸，看着那个长相跟自己酷似的老人，发现他真是老了，脸上那种商人特具的精明与神采都不见了，取而代之的是一个老人的苍老和疲惫。他走过去，握住他的手喊了一声："爸！"

顾父震动了一下，而后咧嘴笑了一下。妻儿主动跟他示好，却是在他病入膏肓之际。他跟儿子拉了几句家常，进入了正题："我生病的事在公司引起了震动，希望你能回去担当大局。"他用恳求的目光望着他。

顾凌风迟疑了一会，说："我要考虑一下。"顾父无措，只好把目光转到顾母的脸上，他知道儿子很听母亲的话。

顾母把儿子叫到一边，神色很黯然："凌风，你知道我恨了一辈子，为什么主动回到你爸爸身边吗？我一直以为他死了我也无动于衷，结果还是我错了。当他在电话里告诉我他的病情的时候，却发现我一点也高兴不起来。"

顾母接着幽幽地说："这种病只是时间长短的问题，我不想你爸爸因为公司的事承担压力。在外企做得再好，也不是自己的，你还是回来吧！"

这次顾凌风找不到任何拒绝的理由，他轻轻点点头。

办完辞职的相关事宜后，他又去医院探望了父亲。医生告诉他保守治疗的病人短期内会有较好的控制，中西医联合治疗会有一段比较平稳的过渡期。如果病人愈后良好，可以采取出院中药治疗，如果病人自身抗体较差，可能会很快转入晚期。

白天他忙着父亲公司的交接，还要去医院。有两天夜晚，他给夏雪霏打电话，都是无人接听。他决定还是回一趟天津，跟她当面诉清自己的情况，并带她面见父母。

当他回到天津直接去夏雪霏的宿舍找她的时候，刚好看到她打车出门，他喊了几声，她都没有听见，他只好另打了一辆车跟在后面，而后他看她进入那家酒店的大厅，跟一个男人见面。

他仔细看了几眼，发现那个男人他是认识的，他们在一些商务活动中曾经有过数面之缘，而且，夏雪霏的前一段感情，他也有所耳闻，正是跟这个叫丁戴维的男人。

对于夏雪霏曾经的感情经历，他并没有放在心上，每个人都会有不同的过往，重要的不是最初的道路上遇见谁，而是最终的归宿在哪里，他觉得夏雪霏应该永远跟他在一起。可当他看到夏雪霏跟丁戴维拥抱，他的心一下子凉了下去。

他站了许久，一直等丁戴维离开。夏雪霏转身，依稀仿佛看到了他，他才惊觉自己已经泪流满面。他赶紧转身离开，而后关了手机。

他是一个缄默而极具自尊心的男人，他感觉自己被欺骗了。当天晚上，他就飞回了北京，第二天便换了手机号，他想让自己静一静。

他知道夏雪霏一直渴望找一个高富帅男友，自己或多或少离她的目标有些距离，但是他一直都在努力。

努力并不代表可以抛开自己信奉的人生信条和道德观念，他不会卑躬屈膝，也不会拐弯抹角，他一直是个清高的男人。他恪守自己的原则，就如同他喜欢和欣赏夏雪霏的爱情观念一样。

他承认，她有一些物质，有一些势利，但她的物质和势利，在他看来又是那般的真实与直接。

或许，过于珍惜的东西，往往都很脆弱，经不起考验，真正去爱一个人的时候，才会感觉到伤害。

爱是温柔的吗？

它太粗暴、太专横、太野蛮了；

它像荆棘一样刺人。

真诚的爱情永远不是一条平坦的大道。

吻是恋爱生活上的一首诗。

爱的黑夜有中午的阳光。

如果说喜欢不需要理由的话，

那么憎恨也就不需要什么依据。

最甜的蜜糖可以使味觉麻木；

不太热烈的爱情才会维持久远；

太快和太慢，结果都不会圆满。

悲哀是爱情的证据。

但是，

深深的悲哀是判断力不足的证据。

——莎士比亚

2

夏雪霏给顾凌风打了几次电话都没有接通，要么关机，要么无人接听。她感觉他是故意的。接着总部派了新的市场总监，顾凌风莫名其妙地辞职了。

有些感情，直到最后一刻才敢承认是深刻；有些痛苦，直到最后一刻才敢接受是现实。人在沼泽中，总是以为挣扎就有机会，殊不知越是挣扎越是陷得深，最后一点生还的机会都没有，这是谁的悲哀呢？有时候看看前方的路，不自觉的就迷茫了，其实我们一直都在迷茫中行走，只是有时候懂得看淡，有时候不懂罢了！

一天半夜，夏雪霏忽然接到王嫣然的电话："雪霏，我要完了！"

夏雪霏吓了一跳，问："你到底怎么了，半夜三更的做噩梦了！"

王嫣然说："徐高骗了我，他根本就没有离婚，我该怎么办呀？"

夏雪霏说："我早就看出他不是什么好鸟。你现在知道也不算晚，这样的男人早就应该离他远远的！"

王嫣然呜呜地哭着说："不是你想的那么简单，还有好多事情你不知道。他儿子出事，我拿了公司的公款，还从高利贷公司借钱，现在漏洞还不上了……"

夏雪霏说："你慢慢说，到底怎么回事。"

原来，徐高的儿子徐小天意料之中高考落榜。查分之后的那天晚上，徐高把儿子狠狠骂了一通，徐小天不服气，要求王嫣然给自己安排工作。王嫣然当时心情不好，就没好气地说："连大学都没上过的，我们公司想都别想进！"

徐小天一肚子憋火，拉开门就跑了出去。结果两个小时后，就有电话打过来，告诉徐高，徐小天在街上跟人打架，头部受伤，被120送到医院。

他们赶到医院，警察已经问完口供。徐小天跟一个同班的混混一起拿刀打劫一群中学生，却不知有两个学生练过跆拳道，几个人打了起来，那两个学生受了点皮外伤，而徐小天被对方踢到街边的铁护栏上，小脑被戳了个洞，当时就昏迷不醒。

对方学生属于正当防卫，不但不负责，还要补偿他们医疗费。

徐高一肚子愤怒，责怪如果不是王嫣然语气太重，徐小天就不会生气出门，就不会出现这样的事。王嫣然虽然觉得委屈，但是也不得不承认自己要负相关责任。

在医院的走廊上，徐高发完火，就跟王嫣然说："医院让交押金。"王嫣然很识相地去交钱，居然要两万。她把钱包所有的钱拿出来都不够，回头看看徐高站得远远地正在打电话，一边说话，还一边回头朝她看看。看到她正在看他，立刻把手机捂住，向门口走去，她只好拿出信用卡刷。

交完押金，徐高并不领她的情，依旧黑着脸。

过了几天，医生诊断说徐小天可能会成为植物人，徐高立刻痛哭起来，完全没有一点艺术家的风范了，眼泪鼻涕一起出来。王嫣

　　然不忍心，安慰他说："我们一起想办法找最好的医生救小天。"

　　徐高暴跳着咆哮起来，用手指着王嫣然说："都是你，如果你真心善待小天，怎么会有这样的事情发生，你别想赖掉责任。"

　　王嫣然无可奈何，嘴里发苦，却说不出。两万元钱很快用完了，徐高又跟她说医生来催住院费了。其实王嫣然手里并没有多少积蓄，差不多都花到他们父子俩身上了。

　　王嫣然露出很为难的表情，徐高立刻又软了，眼泪汪汪地说："嫣然，算我求你了，你先借点钱给孩子看病吧。如果他有个三长两短，我也不活了。"

　　王嫣然又拿出了一万。

　　当徐高再次向王嫣然借钱的时候，王嫣然早已是囊中羞涩了，她只得把目光瞄向自己刚收回的八万元公款。

　　CC公司的资金流动很活络，像王嫣然这样的大客户部经理有权管理三十万的货物资金，只要有相关票据，只要在年底结算前，把所有的资金账目整理完善就成了。

　　王嫣然把八万元钱交到了医院，私下做了票据。开始几天，她有些忐忑不安，但是根本没有人注意她的账目，这让她的胆子大了起来，此后，又挪用了五万元。

　　一个月后，徐小天还是昏迷不醒。徐高不知从哪儿联系到一个日本的脑外科专家，据说他的脑科医术是世界一流的，某项技术还申请了专利，他利用手术成功使八个植物人恢复正常。但是费用非常高，仅仅一台手术费就需要二十八万元。

　　徐高求她："我知道你有办法，嫣然，不管什么时候你都能给我希望，这次你一定要帮我，小天是我们的孩子，如果他醒不过来，你和我一辈子都不得安生的。"

王嫣然是想拒绝的，她根本没有能力拿出那么一大笔钱来，并且她并不是徐小天的亲生母亲，没有责任去倾家荡产不惜一切地救徐小天。可是，徐高的可怜和哀求，还有他最后的那句话，让她产生了浓厚的母爱和责任。她咬咬牙，截留了三十五万公款，这次是没有办法做票据的，还有两个半月就要过圣诞了。公司的规定是在圣诞节前把一切账目做好，她暂时也管不了那么多了。

日本脑科专家的手术说不上成功和失败，徐小天是醒了过来，但是却丧失了语言和行为能力。他能眨眼和转动眼珠，能吞咽流质食物和微微动嘴唇，却无法发声，也不能起身行动。专家说，这是由于脑部的协调功能破坏时间太长了，一时无法恢复，以后只能靠他自身的锻炼恢复了。

从徐小天住院，前前后后，王嫣然已经花了五十万的公款，她必须在年底前还清。自从徐小天的病有了转机后，徐高就把儿子从医院接了回来，他们依旧住的是王嫣然的房子里，王嫣然的房子户名是她父亲的，她一直考虑着真是不行，就把房子卖了。可办手续的时候，需要出具证件，她不想家人知道。

那段时间她一直闷闷不乐，徐高也看出来了。他搓着手说："嫣然，我知道小天的事让你花了不少钱，我这段时间打电话让老家筹借了一些。"

他拿出一张存折，里面有六万多元钱，户名是刘慧。王嫣然想：原来是他妈的私房钱。她叹口气说："谢谢你妈，只是这点钱根本

不够解燃眉之急。"

徐高想了想跟她说:"我有个办法,我们学校有个同事一年前转行跟人合伙做房地产,前段时间我还见他了。他新开发了一个大厦,升值空间比较大,据说买了一个月就能赚钱,他可以给我内部价,你买上两套,过段时间套现不就行了么!"

王嫣然一听,觉得也是个办法,她详细打听了那个地方,在新开发区,徐高拿的那个价格确实便宜,买两套小户型门面,过三个月转手就能赚回五十万不成问题。

王嫣然又从公司截取了二十万,还从高利贷公司借了二十万,从几个有钱朋友处借了三十万,而后按揭了两套小户型的门面。这段期间,她不仅要在公司提心吊胆担心被查账,还要每月归还一笔昂贵的利息。

转眼两个月过去了,房价确实像电梯一样噌噌地上升着,当她把那两套房子挂到中介准备出售的时候,却无人问津。仔细询问,结果差点让她昏过去:两个门面所属的大厦属于非法建筑,那片土地原本是绿化用地,不能建房,开发商的证件没有办全就开始建筑,怪不得售价那么便宜。现在开发商还在和一些商户扯皮,相关部门已经介入,事情会有一个结果,但是不知道到猴年马月去了。

眼看就要查账了,王嫣然感觉大限来临,她跟徐高大吵一架,责怪他给了自己一个虚假信息。徐高毫不理亏地跟她大吵,骂她神经质,只会看钱,不理会自己儿子这个状态。

当天下午,王嫣然还在上班的时候,徐高已经从她的房子里搬了出来。他给她留了一张纸条：嫣然，我知道你也有很多难处，我不想再麻烦你了。

他的这张纸条让王嫣然心底又感觉非常的愧疚。她自责反省一番，觉得自己也确实没有顾忌徐高父子的感受了，便去看望他们。

当她好不容易打听到徐高在学校的住处后，开门的却是一个大约四十岁的面色黝黑的女人。她疑心自己走错了地方，女人问她找谁，她说："请问徐高住哪里？"

女人说："他去上课了，我叫刘慧，是他老婆。"

王嫣然再次傻了，她用颤抖的声音问："你们不是离婚了吗，刘慧不是他妈吗？"

女人很吃惊："谁说我们离婚了，我们感情好着呢，每月他都给我寄生活费，他妈都是我在伺候着！"

王嫣然一屁股坐到地上，两眼发黑，彻底昏了过去。

等她醒来后，发现自己躺在自家的床上，徐高正跪在她的床前，看到她醒来，不停地道歉："嫣然，我真是太爱你了，所以才撒谎自己离婚了，其实我也准备离婚的，只是现在小天搞成这个样子，我怕连累你呀！"

王嫣然咬牙切齿，指着徐狠狠地骂道："你滚，我再也不想看到你！"她用手按着心脏，怕自己再次崩溃过去。

徐高见事不好，赶紧垂着头溜了。

王嫣然躺在床上，心像被冻结了一样。她感觉手脚发冷，而后是发抖。她把事情前前后后想了一遍，觉得自己真是彻头彻尾的大傻瓜。不但养了个吃软饭的老男人，还替他养儿子，鞍前马后，劳

心劳力，最终还把自己的事业和命运都搭进去。

她越想越不是味，眼泪夺眶而出，一直哭到吐。然后她给夏雪霏打电话，把事情的来龙去脉都说出来。

夏雪霏顾不上骂徐高，她只恨王嫣然白长了个脑子。事已至此，指责她是没用的。她跟她说："你现在哭有什么用，赶紧想办法看能不能把房子转手出去，不然就去找徐高让他找他那个做了开发商的同事，把房子退回去，尽可能套回一部分现款。"

王嫣然止住了哭声，抽泣着说："公司下周就要查账了，这么短的时间，我哪里去搞那么多钱啊！"

夏雪霏说："你发个账号过来，我借给你十万，剩下的你还是得找你父母吧。"

王嫣然再次哭了出来："雪霏，谢谢你，可是如果我父母知道了整个事情，会气死的。"

夏雪霏也恼了，冷冷地说："王嫣然，你今年三岁吗，早干什么去了？一个一文不名的老男人就让你成这个样子了，你自己酿的苦果自己尝。"说完，她把电话挂断了。

顾凌风一直都没有消息，夏雪霏的心情非常糟糕。王嫣然的电话让她的心情更加烦闷起来，她没有心情给她细细分析和劝慰，忍不住把她训斥一番。

3

顾凌风回到北京后，全力接手父亲的盛世收藏品公司，他发现从两年前开始，公司的账目已经开始有漏洞了，父亲住院前，前任副总离职，那些账目都是他经手的。目前公司有大约几千万的账目查不出来，几个大股东已经有所察觉，有传言说公司要破产。现在人心浮动，还有人吵着要退股，严重影响公司的正常运转。

他不敢让父亲知道这些事情，去医院看望的时候，一字也不提。他父亲是聪明人，从儿子紧锁的眉头和郁郁的神情中早感觉到了，何况他自己经营的公司，这样大的问题，怎么会没有察觉呢？医生宣布顾父的病情基本有所控制，可以回家疗养，但是需要专人照顾，并且不能再从事劳心劳力的工作了，也就是说，他可以退休了。

那天下午，已经出院回家的顾父把儿子叫到床前，开门见山地说："儿子，公司有很多问题是吧，你也不用瞒着我。其实去年我就有所察觉，只是我的身体让我力不从心。事已至此，不知你想到好的办法解决没有？"

顾凌风说："爸，你还是好好休息，不要管这些事情。我会想办法的。"

顾父淡淡一笑说："既然你回来了，我就有了主心骨。只是收藏这个方面你以前不太熟悉，时间长了就会慢慢习惯了。"顿了一下，顾父接着说："前几天我在医院里接到一个股东电话，要求退股，我就在想办法应对这个局面。我们可以考虑找一个人帮忙。"

顾凌风问："谁呀？"

顾父说："说起来你也认识，是在潘家园经营古董的王浩然，你王伯伯。他家里有几件价值不菲的古董，我们只需要借来开个拍卖会，证实我们公司还是有实力的，那些传言就会不攻自破。"

顾凌风知道这个王浩然，他跟父亲是老朋友。据说他祖上是盗墓起家，家里还有个特制的密室，门窗地板房顶都是用高密度的钢筋焊造的，还加了几层密码锁，里面存放的一些古董和字画真迹，看过的人没有几个，顾父就是为数不多的一个。

顾凌风说："爸，你的想法不错，只是我觉得王伯伯不见得会借给我们！"

顾父很神秘地笑了一下说："他一定会借的，只是这个事情急不得，需要一步步来。明天你别在家陪我了，你去王家见一见他的独生女儿王明珠，你们也有十几年没见了，叙叙旧。"

顾凌风想起很多年前那个叫明珠的小姑娘，长相甜美，但却霸道蛮横。他跟父母去她家玩，把她的一个布娃娃弄坏了，她大哭着要他赔，无论家人怎么劝说安慰都不罢休。他吓得躲了起来，她一间间屋子来回找，嘴里还叫嚣："凌风，我要把你抓起来送给狼外婆，让它把你吃了！"顾凌风当时吓坏了，趁乱逃跑了，从此再也没有去过她家。听说她长大后去了日本，成了一个具有博士头衔的妇产科医生，上个月刚回来。

而今，父亲让自己去跟王明珠见面，明显就是相亲。如果两人有戏，王浩然自然不会吝啬借几样古董了。

顾凌风不想去相亲，只是他找不到理由拒绝父亲，更何况是在父亲生病的情况下，他也理应尽一份力来让公司度过这个难关。

第二天到了王家，王浩然已经出门了，王伯母跟他打声招呼就出去打牌了，只剩下他跟王明珠两人。他觉得非常不自然，倒是王明珠很大方，招呼他坐下，倒水端茶，非常和气有礼。

此时的王明珠已经出落得非常漂亮，抬眼说话的时候，脸颊还有一丝掩藏不住的羞涩。她还提起了小时候的事情，说："凌风，那时候我不懂事，现在郑重向你道歉哦！"

顾凌风有些尴尬地说："都是陈年旧事，我早就忘记了。听说你在日本京都一家大医院工作了三年，怎么又回来了？"

王明珠说："日本毕竟不是故乡，父母年纪大了，我想离他们近一点。国内的医院也很好的，只是我刚回来，想休息一段时间，再找家医院上班。"

顾凌风说："有具体目标吗？我在很多医院都有朋友，目前国内私立医院大都在招聘人才，你可以在网上查一下相关资料。"

王明珠说："是吗，我们国内就是喜欢走关系。那我查查之后，向你请教。"

……

顾凌风觉得王明珠跟记忆中的那个刁蛮大小姐判若两人。跟她聊天，很轻松地就过去一个上午。偶尔提到她的工作，她的脸上会闪现一种很忧郁的神色，很短暂的，而后她就转换话题，好似不怎么喜欢提工作上的事情。

中午，他跟王明珠一家一起去了一家私房菜馆吃饭。说起陈年旧事，气氛很好，王浩然夫妇很看重他，夸他有能力有见识。

顾凌风觉得，其实跟这样一家人生活在一起也挺好的。也就是一瞬间，他想到了夏雪霏，心里莫名其妙痛了一下。

夏雪霏跟王明珠不是一类人。王明珠一直是一个大小姐，过精致的生活，性格也变得平顺安静。而夏雪霏一直在职场打拼，像一

个多刺的玫瑰，让他忍不住渴望，却也容易受伤，心疼。也许，自己该跟夏雪霏好好谈一谈。

下午顾凌风去了公司，等到晚上回去的时候，父亲就告诉他，王家已经传过话，听说他家的公司出了一点问题，愿意帮他们解决。父亲很高兴，只是他自己心里有一种说不出的别扭。他感觉自己对王明珠产生不了那种很强烈的感觉，只觉得她是一个很好的妹妹和朋友。

况且，这种带着商业交换目的的相亲或者婚姻，不是他期待和想要的，他忍不住在心里涌动着反感的情绪，却不能说出来。

也许，他们换一种场合认识，也许，在这之前，他不认识夏雪霏，那么，他会心无旁骛地跟她交往，最终也许会走入婚姻。

几天后，顾凌风的收藏品公司在王浩然的帮助下开了一个非常盛大的拍卖会，还请了保安公司的人来维持现场，声势非常浩大。

王浩然借出的展品有五件，其中一幅宋徽宗的《鹦鹉图》被拍到一亿，还有几件珍藏的价格都被拍到五千万到八千万。自然，最终这些珍品还是被他们公司自己拍回，这个过程不过是一个场秀。

拍卖会果然收到预期效果，不仅平复了公司要破产的谣言，还召来几单很大的业务，其中还有海外的订单。

接下来的事情，就是顾凌风要全心打理好父亲交给自己的公司。他暂时没有时间，也没有心力去考虑跟夏雪霏的事情。

陆续跟王明珠约会了几次，不外乎吃饭喝茶，还去了一趟公园。每一次的时间都很短，两人聊的也不过是天气生活行情，顾凌风总觉得她是一个邻家妹妹，没有来电的感觉，甚至过马路拉一下她的手，或者揽一下她的腰，也觉得很自然，完全没有那种男女之间的避嫌，或者趁机示好。

一次，两人一起吃饭的时候，王明珠接了一个电话。她没有避讳顾凌风，嗯嗯啊啊地说了几句："我很好，你呢？""那恭喜你啊，我估计有事去不了，祝你们幸福！"隐约是一个朋友结婚了，她送上祝福。

但是顾凌风看得出她的神色很黯淡，沉默了好一会，她开口："凌风，我一直都没跟你谈过我的工作，其实，我有工作压力综合征。"

王明珠告诉他，她在日本医院的待遇非常好，但是工作太繁忙，特别是有时候每天需要给几十名产妇接生或者剖腹产，没有亲朋好友在身边，她感觉非常压抑，时间长了，患上了一种工作压力综合征，这种心理疾病在大城市很常见，只是由此衍生了她对怀孕和生育的恐惧。

她捂着脸，低低地说："你能明白一个女人常年麻木地用手术刀在肉体上划开缝合的感觉吗？特别是有些产妇大出血死亡的时候，很多时间我感觉自己快要疯了，也让我对女人的爱情和婚姻开始重审。我觉得生命如此之轻，我无法把握……"

打来电话的是她的前男友。他们原本很相爱，王明珠愿意跟他度过一生，却不愿意怀孕生子。对方不愿意做丁克一族，于是，两人很平和地分手。如今对方结婚了，她既愿意祝福，又觉得伤感。

而后，她抬起头，很认真地说："凌风，我知道你是一个好大哥，好朋友，我愿意把自己的秘密告诉你。我知道我父母希望我们能走

到一起，这些天的相处我也能感觉你有自己的心结。我们都不必勉强对方，也许都需要时间来解开心结，那时会是另外一个局面。"

　　几天之后，王明珠去了云南。她给顾凌风发了短信，说那地方有个很著名的老中医，很擅长妇儿疾病，她去工作外加学习，以后对自己的心理病症也许会有所缓解。

第十一章　是谁等在灯火阑珊处

1

2011 年新年，夏雪霏没有回老家陪父母，她独自留守公司。

新来的东区总监是猎头公司临时挖来的，实际工作经验非常缺乏，而行政经理朱珠申请调到山西，她就要做新娘了，新郎原本是她的一个客户，是一个非常富有的煤矿老板。

公司原本正是用人之际，不批准她的申调报告。但是对于朱珠来说，嫁入多金的夫家肯定比给人累死累活打工划算得多，尽管是 NR 这样的大公司，要想在行政经理的位置更好地生存发展，还是需要比原来多十分的辛苦和打拼。她无谓职位，只要是去山西就成。最后公司只好批准了。

这样一来，需要夏雪霏协调的工作更多了。她一人需要独当几面，过年还要在公司加班。忙只是一方面的原因，还有一个原因是她不想回去听到亲朋好友关于她婚姻大事的议论。

对于顾凌风，她气过，恨过，埋怨过。如今一切都过去了，她只希望他能出现，给自己一个解释，她无比地想念他。

大年三十的晚上，她给父母打了电话，跟他们说自己正和几个朋友一起聚餐，而后去 happy。放下电话她苦笑连连，其实她独自在办公室加班，无人可伴，给父母的不过是善意欺骗，不希望他们为自己担心。

那天她刚换了一部 iPhone 4s 手机，当作送自己的新年礼物。购买的时候，专卖店的导购已经在上面帮她下载许多游戏和应用，还帮她注册了微信。这是时尚男女非常追捧和流行的一种社交软件，既可以像 QQ 那样打字，也可以语音聊天。

她处理完日常的工作，到了公司楼下一家二十四小时营业的肯德基点了咖啡和汉堡。一条微信就在这个时候出现在手机上，是一个年轻的男人图像。他打招呼："嗨，一个人加班吗？"

她有些惊讶他怎么知道她在加班。那会也确实闲极无聊，有个人说说话也是好的，于是，她便追问他是如何知道的。

他回："因为我是用搜索最近的人找到你的，你距离我两百米。这里五百米范围内都是写字楼，所以猜测你跟我一样，是一个留守加班的人。"

她觉得有点意思，这种相识总比那种安排的相亲气氛要融洽得多吧，有个人聊聊天打发时间也是好的。

聊了几句，她便知道了对方的情况。郑小天，刚刚研究生毕业的北方男孩，没有回家过年是因为没买到车票，和她在同一所大厦不同的公司。

两人不咸不淡地聊了一会，他提出见面，一起去海边看烟花。她想了想，拒绝了，尽管她也很寂寞。

此后，两人经常聊天，从发消息改成语音。郑小天的声音很轻快，有一种年轻人的活力，也感染了她。她喜欢听他说话的调调，有时候很激进，有时候很体恤，她喜欢这种毫无心机的调调。

渐渐的，他成了她生活里不可或缺的点缀。有时候忙起来，忘记跟他打招呼，好像就觉得少了点什么。

春节放假一直到初八。初六的早上，她接到了一个电话，有个县城突发地震，恰好公司有一单货物发过去，货车在途中滑下山坡，司机被送往医院。而订货公司负责人却因为误时，要求他们依合同赔偿。

由于司机放假，夏雪霏没有多想，赶紧打了一辆出租车赶到该县医院。所幸货车司机已经脱离危险，无生命大碍。她又赶到订货公司，和负责人详细地做了协调。她态度诚恳，对方也放松了口气，最后夏雪霏承诺三天内解决问题，顺利协商成功。

这个事件很快被总部获知，副总裁胡一品在会议上特别表扬了夏雪霏。她不避困难，把公司的利益放在第一位的表现获得了总裁朴永志的赞赏。

夏雪霏刚刚沉浸到喜悦之中，忽然接到王嫣然母亲的电话：王嫣然自杀未遂，现在正在医院里，希望夏雪霏能帮他们安慰她。

夏雪霏大吃一惊，王妈妈断断续续说了事情的经过：王嫣然去退房子，发现售楼部已经关门，门口还聚集着一些吵闹着要求退房的购买者，她只好去找徐高，希望通过他找到跟他曾经是同事的开发商。

她是晚上去徐高那里的，徐高又回到了学校分给他跟另外一个

老师合住的房子。王嫣然去的时候，徐高夫妻正在吃饭，他们的儿子徐小天歪坐在旁边的一个躺椅上。刘慧开门看到是她，黑着脸没说一句话，转身就走到了厨房，徐高似乎很意外。

王嫣然说明来意，徐高警觉地看着她说："你不会认为是我害你被套进去的吧，当初我只是给你提个建议，最终决定的还是你自己，这可不关我的事！"

王嫣然更窝火了。如果不是逼到最后没有办法，她真是不愿意见到徐高的。她问自己，当初怎么瞎了眼，看上这样的男人。

她强压住怒火说："你不用多想，我没有别的意思，只想让你帮我找到那个开发商，看能不能用成本价把房子收回去。"

徐高松了口气，又摆了摆谱说："这样啊，那你先回去吧，明天我给你问问。"

王嫣然恨不得狠狠抽他一巴掌。她落到如今地步都是被他所累，如今他还摆出一副事不关己的姿态，真是狼心狗肺的白眼狼！不过，事到如今，埋怨是没有用的，徐高有句话说得对，最终决定的还是自己，谁让自己当初死心塌地爱上他了呢？

王嫣然在第二天下午接到徐高电话：那个开发商如今被抓了起来。看来，退房的路子暂时是走不通了。

圣诞节前一周，CC 公司的区域总监找到王嫣然，两人做了一次秘密谈话。纸是终究包不住火的，她最担心的结果出来了，公司已经发现了她亏空的事情，让她一周内补交公款五十二万，而后自动辞职走人。

王嫣然崩溃之下，选择了喝强效安眠药自杀。在意识模糊之际，她给母亲打了一个电话，满怀歉意痛哭流涕地说对不起，被母亲发现不对劲。家人驱车赶到她的住处，把她送到了医院。好在抢救及时，命是被救回来了，但是她却不吃不喝，不愿意跟人讲话交流，患上了抑郁症。

王嫣然的父母在事后把女儿挪用的公款都补交了上去。CC是大公司，他们不愿意多起事端，这样的事情宁愿内部消化。在王嫣然辞职后，他们也没再做任何刑事追究。

王父气愤不过，给徐高打了电话质问他。徐高一听王嫣然自杀了，说了一句："不关我的事。"就把电话挂断了，此后再也没有露面。

王嫣然的情绪非常糟糕。王母动用一切力量，想尽一切办法，希望女儿好起来。知道夏雪霏和女儿是非常好的朋友，就打电话让她帮忙开导一下。

夏雪霏专程请了两天假到深圳去看望王嫣然。

王嫣然静静地躺在病床上，苍白的脸色，一双大眼睛明明是睁着的，看起来却那样的无神。夏雪霏走进去，她连头都不扭一下，根本不关心是谁来了。

夏雪霏喊了一声："嫣然！"王嫣然缓缓转过脸，也不说话，只有眼泪顺着脸庞往下淌。夏雪霏走过来，轻握她的手说："对不起，那次你向我诉苦的时候，我骂了你，我向你道歉！"

王嫣然微微启动嘴唇，半晌，才黯然地说："你别把这事放在心上，我知道你是为我好。你说的话很对，我现在谁都不怪，只是觉得很难受，什么都不重要了！"

那天下午，王嫣然跟夏雪霏说了许多。她说自己觉得做了一场梦，那么爱一个人，爱得死心塌地，不顾一切，结果却发现所爱非人。

她觉得自己在这场感情中已经丧失了爱的能力，不过她会接受父母和夏雪霏的建议，到心理医生那里接受治疗。

从深圳回到天津的一个月后，NR 北京总部的任命书下来：夏雪霏被升为东大区的销售经理，原来顶替顾凌风的东部总监被辞退。

副总裁胡一品特地打来电话对她表示祝贺，同时还暗示，被辞退的总监是由于经验不足，不能胜任，总部有意栽培夏雪霏，觉得她非常有潜力和上进心，希望她能够在销售经理的位置上获得历练，以备担当东大区总监的重任。

她的薪酬和待遇又获得更大的提高，公司还专门给她配了一辆三十多万的白色本田。那天晚上，她一个人开车到了郊区的湖边，那是她最后一次跟顾凌风见面的地方。初春的天气乍暖还寒，有一些学生和青年男女在那里，谈笑，漫步，徜徉，她觉得一种无边的落寞蔓延上来。

如今的一切是她曾经梦寐以求的，事业、高薪、专车，最重要的是一个女人在职场的独立，她都获得了，可是，她又觉得一切似乎并不是她当初想要的那种。到底她想要的是哪种，她自己也说不清楚。

她觉得自己现在的生活少了一些什么。她想起王嫣然，至少她曾经深爱过。几天前，她还给夏雪霏打了电话，说她的心情已经好转很多，准备到西部山区去旅行，并且在网上已经联系好一所贫困

山区的小学校，预备在那里做一段时间的志愿者，来净化和安抚自
己的心灵。

王嫣然还能从世俗走出，而自己呢？一颗心貌似坚强，却无所
依托。曾经渴望的高薪高职，如今却形同虚设。心是落寞的，再多
的繁华不过一座空城，沉寂寥落。

2

那天，郑小天约她见面，她想想同意了，两人约到了一家星巴
克喝下午茶。他比微信上照片看起来要黑了点，穿运动鞋休闲装，
和那些穿西装打领带的男同事格格不入，确实有点赏心悦目的感觉。
最重要的是可以放肆地说话，心情放松。

果然，一上来，小男生便轻笑着小声说了句："姐姐，我怎么
看你也不像那种出来寻找一夜情的主呀！"

她大笑，原来自己还有欲望写在脸上，可是这个小男生却不是
她想要的那道菜。应该是那种身心都需要一个能让她折服的男人，
如顾凌风。

89 年的小男生有一颗彼得潘一般长不大的心。他赞叹她的气质
和聪慧，甚至提出想试着跟她恋爱一段时间。她相信他说的是真心话，
也相信，跟他在一起，会获得一种清新和年轻的活力。

只是这不是她需要的。她爱那种在工作中证实自己的人生，渴
求一个让她感觉真实的男人。

她回到新的住处的时候，看到门口的花园，有一株月季刚刚盛开，

只是最近几天天气有些干燥，那株花已经略略有些枯萎。她觉得就像自己，一个女人始终是一个女人，不管在职场如何强大，她都渴望一个男人的爱情，就像眼前这棵花儿渴望雨露一样。

高处不胜寒，女人一旦太有事业心，就难得找到与之匹配的男人，在夏雪霏所遇见的异性范围内，要么对方觉得她太强大，没有女人味，要么就是她看不上对方。

她觉得自己很寂寞。她渴望遇见一个高富帅男人，可是，感情这种事，永远是可遇不可求。很多事情，直到失去，才会明白自己到底需要的是什么。

时至今日，她终于发现自己盼望的，一直是一个人能给予的，那个人是她一直念念不忘的，顾凌风。

他打乱了她的计划，也打破了她对于未来老公的期望标准。他不是她理想中的高富帅，可是，他却是她想要的那个男人。

他不能高入云端，却一直是一个充满生机的男人。她无数次在午夜梦回之际，怀念他手心的温度，和温暖的笑容，像是电影镜头的无限放大特写……

夏雪霏获得了一个去 NR 韩国总部学习的机会，从韩国回来后，她转道去北京述职。

在北京 NR 总部待了两天，她就预备回天津。在车站等车时，被一个男人手里的大礼盒吸引住了。透明的包装盒子，依稀看到里面是一件洁白的婚纱。曾几何时，她也有过公主梦，希望穿着洁白美丽的婚纱，嫁给自己心仪的王子。

然后，她看到了那个男人，那个男人也看到了她。两个人定定站在那里，互相对视着。是顾凌风！

真是人生何处不相逢呵，没想到会在此时此地遇见他。心头有千言万语想要责问和诉说，可当看到他手里的婚纱，她愣愣了许久，才强迫自己嘴角牵动出一丝虚假的微笑。

她先开口："凌风，好久不见，你好吗？"

他的目光含蓄，深深凝视着她。他说："我很好，你好吗？"

他的眼中有深情，也有惊喜。但是，如今一切都没有意义了，他手里的婚纱，已经说明了一切。他一定是要结婚了，怪不得他一直没有联系自己，原来，这就是理由。

她强撑着最后的笑容说："我也很好，谢谢你的关心，我想我要走了！"她心酸地看了一眼他手里的婚纱，真漂亮，她移动脚步，准备离开。

但是顾凌风却叫住了她。他轻轻地说："雪霏，你不觉得我们能在这里相遇，是冥冥中注定的缘分吗？"

夏雪霏淡淡地说："如果有缘无分，这一切都没有意义！"

顾凌风笑："如果你目前还没有男朋友的话，那么现在能不能给我一杯喝咖啡的时间，我想跟你好好谈一谈。"

夏雪霏疑惑地转过头，看着他。顾凌风笑吟吟地一手拿着婚纱，一手伸过来拉住她的手说："看来我要先跟你解释一下。这个婚纱是给我一个世交家的妹妹在巴黎定制的。她要结婚了，只是新郎不是我，这是我送给她的礼物！"

原来，王明珠在外地学习的时候认识了一个男孩，对方是一名心理医生，同时也是一名乙肝病毒携带者。他不主张生育后代，两

人相识后觉得互相非常有默契，迅速把婚姻提上了日程。为了表达自己的祝贺，顾凌风在出差之际，特地到巴黎找了一个非常出名的设计师，为王明珠设计了一套婚纱。

由于刚刚下了一场暴雨，车站外的天空很蓝。明媚的阳光从云层照射出来，夏雪霏的心里有一种异样的感情充溢着。她看到绿化带里有很多小花，顶着水珠，在和煦的暖风中，显得异常美丽。她被顾凌风轻轻揽住，一切都美丽极了。

最初相遇的时候，她并不能看清未来，也无力去抓住些什么，因为初恋的失败，和生活社会给予的重负与打磨，她不敢去主动掌握这这份看似迷离，却能让身心愉悦的感情。一直以来，她的不安，谨慎，小心翼翼，她习惯让爱情去掌握她自己。

天津的一夜情缘，是爱情蒙着脸向彼此招手。她懵懂地跟去，他一直情藏心底，念念不忘。再度的相遇，因为看不清他的表情，所以她不知道前方到底是劫是缘。

只是，因果皆缘。想来，还是情留彼此心间，所以最终的兜兜转转之后，两人还是再结前缘。